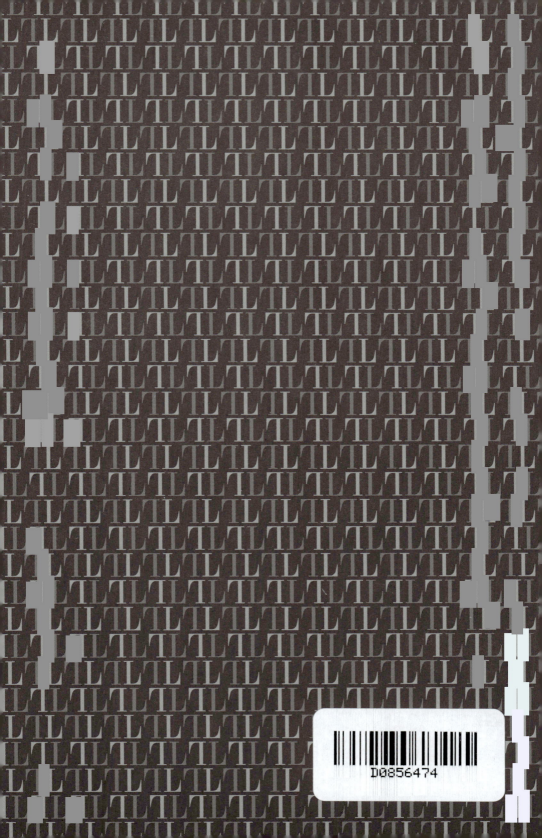

D0856474

Corazón de vinagre

Corazón de vinagre

Anne Tyler

Traducción de
Miguel Temprano García

Lumen

narrativa

Título original: *Vinegar Girl*

Primera edición: febrero de 2017

© 2016, Anne Tyler
© 2017, Penguin Random House Grupo Editorial, S. A. U.
Travessera de Gràcia, 47-49. 08021 Barcelona
© 2017, Miguel Temprano García, por la traducción

Printed in Spain – Impreso en España

ISBN: 978-84-264-0395-7
Depósito legal: B-305-2017

Compuesto en La Nueva Edimac, S. L.
Impreso en Egedsa
Sabadell (Barcelona)

H403957

Penguin
Random House
Grupo Editorial

Corazón de vinagre

1

Kate Battista estaba arrancando las malas hierbas del jardín de atrás cuando oyó sonar el teléfono en la cocina. Se puso en pie y escuchó. Su hermana estaba en casa, aunque tal vez no se hubiera despertado aún. Luego sonó otro timbrazo, y después otros dos, y, cuando por fin oyó la voz de su hermana, era solo la grabación del contestador automático. «¡Hooooola! Somos nosotros. Por lo visto no estamos en casa. Así que deja un…»

Entretanto, Kate corrió hacia las escaleras de la parte de atrás y se apartó el pelo de los hombros con un exasperado «¡Chist!». Se limpió las manos en los tejanos y abrió de un tirón la mosquitera.

—Kate —estaba diciendo su padre—, responde.

Descolgó el auricular.

—¿Qué? —dijo.

—Me he olvidado la comida.

Kate miró hacia la encimera al lado de la nevera donde, en efecto, estaba la comida justo donde ella la había dejado la noche anterior. Siempre utilizaba bolsas de plástico transparente del supermercado, y su contenido era claramente visible: una fiambrera y una manzana.

—Ya —dijo.

—¿Puedes traérmela?

—¿Ahora?

—Sí.

—Por Dios, papá. No soy el Pony Express —respondió.

—No tienes nada que hacer —dijo él.

—¡Es domingo! Estoy escardando los eléboros.

—Vamos, Kate, no seas así. Sube al coche y acércate en un momento; sé buena chica.

—¡Uf! —respondió ella, colgó con fuerza el auricular y cogió la bolsa de comida de la encimera.

Esa conversación era rara por varios motivos. El primero era que hubiese sucedido: a su padre no le gustaba hablar por teléfono. De hecho, en el laboratorio ni siquiera tenía uno, así que debía de haber usado su teléfono móvil. Y eso también era raro, porque la única razón por la que lo tenía era que sus hijas habían insistido. Nada más comprarlo, pasó por una breve época en la que se dedicó a comprar aplicaciones —sobre todo calculadoras científicas de varios tipos— y después perdió el interés y dejó de utilizarlo.

Además, estaba el detalle de que se olvidaba la comida unas dos veces por semana, pero nunca parecía darse cuenta. Sencillamente no comía. Kate volvía a casa y encontraba la bolsa en la encimera, y aun así tenía que llamarlo a gritos tres o cuatro veces por la noche para que fuese a cenar. Siempre tenía algo mejor que hacer, alguna revista que leer o unas notas que repasar. Si viviera solo tal vez acabaría muriendo de hambre.

Y, aun suponiendo que le hubieran entrado ganas de comer alguna cosa, podía haber salido a comprarla. Su laboratorio estaba cerca del campus de la Johns Hopkins, y había bares de bocadillos y supermercados por todas partes.

Por no decir que ni siquiera era mediodía.

Pero hacía un día ventoso y soleado, aunque fresco —el primero con un tiempo medio decente después de un largo, crudo y amargo invierno— y la verdad es que a Kate no le importó tener una excusa para salir a la calle. Aunque no iría en coche, sino andando. Que esperase. (Él tampoco cogía nunca el coche, a no ser que tuviese que trasladar algún equipo. Lo consideraba un enemigo de la salud.)

Salió por la puerta principal y la cerró con más fuerza de lo normal porque le fastidiaba que Bunny durmiese hasta tan tarde. La tierra a ambos lados del camino de acceso a la casa parecía cubierta de ramas y hierbajos, y pensó en adecentarla cuando terminara con los eléboros.

Balanceando la bolsa de la comida por las asas atadas con un nudo, pasó por delante de la casa de los Mintz y de la casa de los Gordon —elegantes viviendas coloniales de ladrillo como la de los Battista, aunque más cuidadas— y dobló la esquina. La señora Gordon estaba arrodillada entre sus azaleas, echando mantillo entre las raíces.

—¡Hola, Kate! —canturreó.

—Hola.

—¡Parece que está deseando llegar la primavera!

—Sí.

Kate siguió dando zancadas sin aminorar el paso, con la chaqueta de piel ondeando tras ella. Un par de mujeres jóvenes —casi seguro estudiantes de Hopkins— avanzaban a paso de tortuga delante de ella.

—Noté que quería preguntármelo —decía una— porque no paraba de carraspear, ¿sabes?, pero no se atrevía a hablar.

—Me encantan los tímidos —dijo la otra.

Kate las esquivó y siguió andando.

En la calle siguiente se desvió a la izquierda y se internó en un barrio más heterogéneo de apartamentos y pequeñas cafeterías y casas convertidas en oficinas, y por fin entró en otra mansión colonial de ladrillo. Tenía un jardín más pequeño que la de los Battista, pero un pórtico mayor y más elegante. Seis o siete placas al lado de la puerta principal mostraban los nombres de diversas organizaciones variopintas y de algunas revistas minoritarias poco conocidas. No había ninguna que dijera «Louis Battista». Lo habían cambiado tantas veces de edificio a lo largo de los años, hasta aterrizar por fin en aquel lugar huérfano, cercano a la universidad pero a millas del complejo médico, que probablemente pensó que no valía la pena el esfuerzo.

En el vestíbulo había una pared forrada de buzones y el banco desvencijado que había debajo estaba cubierto de montones tambaleantes de folletos y de menús de comida para llevar. Kate pasó por delante de varios despachos, pero solo la puerta de los cristianos por el budismo estaba abierta. Dentro entrevió a tres mujeres sentadas a una mesa y a una cuarta que se secaba los ojos con un pañuelo. (Siempre pasaba algo.) Kate abrió otra puerta en el extremo del pasillo y bajó un tramo de empinadas escaleras de madera. Una vez abajo se detuvo a introducir el código: 1957, el año que Witebsky definió por primera vez el criterio para distinguir las enfermedades autoinmunes.

La sala en la que entró era pequeña y estaba amueblada solo con una mesita y dos sillas plegables de metal. Encima de la mesa había una bolsa de papel de estraza; probablemente con comida. Dejó el almuerzo de su padre al lado y luego fue a la puerta y llamó dos veces. Un instante después su padre asomó la cabeza: una cabeza calva y satinada ribeteada por una estrecha franja de pelo negro, un rostro oliváceo puntuado por un bigote negro y unas gafas redondas sin montura.

—Ah, Kate —dijo—. Pasa.

—No, gracias —respondió ella. Nunca había podido soportar los olores de aquel sitio, el olor acre del propio laboratorio y el tufo a papel secante de la habitación de los ratones.

—Tu almuerzo está encima de la mesa —anunció—. Adiós.

—¡No, espera!

Se apartó para hablar con alguien en la sala que había a su espalda.

—¿Pioter? Ven a saludar a mi hija.

—Tengo que irme —dijo Kate.

—Nunca te he presentado a mi ayudante —insistió su padre.

—Da igual.

Pero la puerta se abrió, y un hombre fuerte y musculoso con el pelo rubio y de punta salió y se plantó al lado de su padre. Su bata de laboratorio estaba tan sucia que casi hacía juego con el guardapolvo gris pálido del doctor Battista.

—¡Guau! —dijo. O al menos así es como sonó. Miró admirado a Kate. Los hombres a menudo la miraban así la primera vez que la veían. La razón eran un montón de células muertas: su pelo negro azulado y ondulado que le llegaba hasta por debajo de la cintura.

—Este es Pioter Cherbakov —dijo su padre.

—Piotr —le corrigió el hombre, sin dejar espacio entre la te acentuada y la áspera erre—. Y es «Shcherbakov» —añadió escupiendo el batiburrillo de consonantes.

—Pioter, te presento a Kate.

—Hola —respondió ella—. Nos vemos luego —añadió dirigiéndose a su padre.

—Pensé que te quedarías un rato.

—¿Para qué?

—Bueno, tendrás que llevarte la fiambrera, ¿no?

—Bueno, también puedes llevarla tú, ¿no?

Una súbita risotada les hizo volverse hacia Piotr.

—Es tan brusca como las chicas de mi país —dijo con una sonrisa.

—Dirás como las mujeres de tu país —le recriminó Kate.

—Sí, ellas también. Las abuelas y las tías.

Kate dejó de prestarle atención.

—Papá —dijo—, ¿le dirás a Bunny que no lo deje todo tan desordenado cuando invite a sus amigos? ¿Has visto cómo estaba esta mañana el salón de la tele?

—Sí, sí —respondió su padre, pero volvió a entrar en el laboratorio mientras hablaba. Regresó empujando un taburete sobre ruedas. Lo aparcó al lado de la mesa.

—Siéntate —le dijo.

—Tengo cosas que hacer en el jardín.

—Por favor, Kate —insistió su padre—. Nunca me haces compañía.

Ella lo miró un buen rato.

—¿Compañía?

—Siéntate, siéntate —dijo, señalando el taburete—. Podemos compartir el sándwich.

—No tengo hambre —dijo. Pero se subió con torpeza al taburete sin quitarle la vista de encima.

—Siéntate, Pioter. Tú también puedes compartir el sándwich

con nosotros, si quieres. Lo ha hecho Kate para mí. Mantequilla de cacahuete y pan integral de trigo.

—Sabe que nunca como mantequilla de cacahuete —respondió con severidad Piotr. Cogió una de las sillas plegables y se instaló en diagonal a Kate. La silla era considerablemente más baja que el taburete y ella vio que el pelo empezaba a clarearle en la coronilla—. En mi país los cacahuetes se los damos a los cerdos.

—¡Ja, ja, ja! —respondió el doctor Battista—. Tiene mucho sentido del humor, ¿verdad, Kate?

—¿Qué?

—Se los comen con la cáscara —dijo Piotr.

Kate reparó en que le costaba pronunciar algunos sonidos y en que sus vocales eran demasiado breves. No tenía paciencia con los acentos extranjeros.

—¿Te ha sorprendido que usara el móvil? —le preguntó su padre. Por alguna razón, aún seguía en pie. Sacó el teléfono del bolsillo del guardapolvo—. Teníais razón, resulta muy práctico —dijo—. Voy a empezar a utilizarlo más. —Lo miró un momento con el ceño fruncido como intentando recordar qué era. Luego oprimió un botón y lo sostuvo delante de la cara. Con los ojos entornados dio unos pasos hacia atrás. Se oyó un chasquido metálico—. ¿Lo ves? Se pueden tomar fotografías —dijo.

—Bórrala —le ordenó Kate.

—No sé cómo se hace —dijo y volvió a oírse el chasquido.

—Maldita sea, papá, siéntate y come. Tengo cosas que hacer en el jardín.

—Vale, vale. —Guardó el teléfono y se sentó.

Entretanto, Piotr abrió su bolsa de comida. Sacó dos huevos y luego un plátano y los puso sobre la bolsa de papel aplanada.

—Pioter tiene mucha fe en los plátanos —dijo el doctor Battista en tono confidencial—. No hago más que decirle que coma manzanas, pero ¿tú crees que me escucha? —Abrió su propia bolsa del almuerzo y sacó la manzana—. ¡Pectina, pectina! —le dijo a Piotr poniéndole la manzana delante de la nariz.

—El plátano es milagroso —dijo sin inmutarse Piotr, y cogió el suyo y empezó a pelarlo. Kate se fijó en que su rostro era casi hexagonal: los pómulos formaban dos vértices, los ángulos de la mandíbula otros dos, que iban hacia la punta de la barbilla, y los largos mechones de pelo se separaban en la frente para formar el vértice superior—. Los huevos también —prosiguió—. ¡El huevo de la gallina! Tan inteligentemente autónomo.

—Kate me prepara el sándwich todas las noches antes de acostarse —dijo el doctor Battista—. Es muy hogareña.

Kate parpadeó.

—Pero de mantequilla de cacahuete —dijo Piotr.

—Pues sí.

—Sí —repitió Piotr con un suspiro. Le echó una mirada de reproche—. Pero no hay duda de que es muy guapa.

—Tendrías que ver a su hermana.

—¡Papá! —exclamó Kate.

—¿Qué?

—¿Y dónde está esa hermana? —preguntó Piotr.

—En fin, Bunny tiene solo quince años. Aún va al instituto.

—Ya —dijo Piotr. Volvió la vista hacia Kate.

Kate hizo girar el taburete con brusquedad y se puso en pie.

—No te olvides de la fiambrera —le dijo a su padre.

—¡Qué! ¿Te vas? ¿Tan pronto?

Pero Kate se limitó a decir «Adiós» dirigiéndose sobre todo a

Piotr, que la observaba con mirada apreciativa, fue hacia la puerta y la abrió.

—¡Katherine, cariño, no tengas tanta prisa! —Su padre se puso en pie—. Ay, esto no va por buen camino. Es solo que siempre está muy ocupada, Pioter. No hay manera de que se siente a descansar un rato. ¿Sabes que lleva ella toda la casa? Es muy hogareña. ¡Ah!, ya te lo he dicho. Y además tiene un trabajo de jornada completa. ¿Te he contado que da clases de preescolar? Se le dan muy bien los niños pequeños.

—¿A qué viene todo esto? —preguntó Kate, volviéndose hacia él—. ¿Se puede saber qué mosca te ha picado? No soporto a los niños; lo sabes de sobra.

Se oyó otra risotada de Piotr. Le estaba sonriendo.

—¿Por qué? —le preguntó.

—Bueno, no sé si te habrás fijado en que no son muy espabilados.

Él volvió a reírse. Entre las risas y el plátano que tenía en la mano, le recordó a un chimpancé. Kate dio media vuelta y se fue a grandes zancadas, dando un portazo y subiendo los escalones de dos en dos.

A su espalda oyó abrirse la puerta de nuevo. Su padre la llamó: «¿Kate?». Ella oyó sus pasos en las escaleras, pero continuó andando hacia la parte delantera del edificio.

Los pasos se amortiguaron cuando su padre llegó a la moqueta.

—Te acompaño a la puerta, ¿de acuerdo? —le gritó.

¿Acompañarla? No obstante, se detuvo al llegar a la salida. Dio media vuelta al verlo llegar.

—No lo he hecho bien —dijo. Se pasó la palma de la mano por la calva. Su guardapolvo era de talla única y se hinchaba en el centro lo que le deba aspecto de Teletubby—. No quería hacerte enfadar.

—No estoy enfadada; estoy… —Pero no podía decir la palabra «dolida». Se arriesgaba a que se le llenasen los ojos de lágrimas— estoy harta —dijo.

—No te entiendo.

Eso sí se lo creía. Más le valía afrontarlo: su padre no sabía de qué le hablaba.

—¿Y qué intentabas hacer ahí dentro? —le preguntó, apoyando los puños en las caderas—. ¿Por qué te has comportado de un modo tan… peculiar con ese ayudante?

—No es «ese ayudante»; es Pioter Cherbakov, con quien tengo la suerte de poder contar. Fíjate: ¡ha venido a trabajar un domingo! Lo hace a menudo. Y, a propósito, lleva conmigo casi tres años, yo diría que, como mínimo, tendría que sonarte su nombre.

—¿Tres años? ¿Qué ha sido de Ennis?

—¡Dios mío! ¡Ennis! Desde entonces he tenido otros dos ayudantes.

—¡Oh! —dijo ella.

Kate no entendía por qué estaba tan ofendido. No era que él hablase mucho de sus ayudantes… ni de ninguna otra cosa, en realidad.

—Está visto que me cuesta un poco conservarlos —admitió—. Puede que, a quienes no lo conocen, mi proyecto no les parezca muy prometedor.

Nunca lo había reconocido antes, aunque de vez en cuando Kate se lo había planteado. De pronto sintió lástima por él. Dejó caer las manos sobre los costados.

—No ha sido fácil traer a Pioter a nuestro país —dijo él—. No sé si te das cuenta. En aquel entonces solo tenía veinticinco años, pero todos los especialistas en autoinmunidad habían oído hablar de él. Es muy inteligente. Le concedieron un visado O-1, y eso no ocurre todos los días.

—Bueno, muy bien, papá.

—Un visado O-1 es un visado por dotes extraordinarias. Significa que tiene una habilidad o conocimiento extraordinario que no comparte con nadie en nuestro país, y que estoy involucrado en una investigación extraordinaria que justifica que necesite su ayuda.

—Me alegro por ti.

—Los visados O-1 duran tres años.

Ella le tocó el antebrazo.

—Sin duda estás preocupado por tu proyecto —dijo en un tono que esperó que sonase animoso—. Pero apuesto a que todo irá bien.

—¿De verdad lo crees? —preguntó él.

Ella asintió con la cabeza y le dio unos torpes golpecitos en el brazo, debió de pillarle por sorpresa, porque pareció extrañado.

—Estoy convencida —le dijo—. No te olvides la fiambrera.

Luego abrió la puerta y salió a la luz del sol. Dos cristianas por el budismo estaban sentadas en los escalones con las cabezas juntas. Se estaban riendo tanto que tardaron un instante en reparar en su presencia, pero luego se apartaron para dejarla pasar.

2

Las niñas de la clase 4 jugaban a cortar con el novio. La muñeca bailarina acababa de cortar con el muñeco marinero.

—Lo siento, John —dijo con voz fría y distante, en realidad, la voz de Jilly—, pero estoy enamorada de otro.

—¿De quién? —preguntó el muñeco marinero. Era Emma G. quien hablaba por él, y lo sujetaba por la cintura de la blusa azul de guardiamarina.

—No puedo decírtelo, porque es tu mejor amigo y no quiero herir tus sentimientos.

—Menuda tontería —apuntó al margen Emma B.—. Ahora ya sabe quién es, porque has dicho que era su mejor amigo.

—Podría ser que tuviese un montón de mejores amigos.

—No. Todos no pueden ser «el mejor».

—Sí, sí que pueden. Yo tengo cuatro mejores amigos.

—Pues sí que eres rara.

—¡Kate! ¿Has oído lo que me ha dicho?

—¿Y qué más te da? —preguntó Kate. Estaba ayudando a Jameesha a quitarse el babero—. Dile que la rara es ella.

—La rara eres tú —le dijo Jilly a Emma B.

—No.

—Sí.

—No.

—Lo ha dicho Kate, así que lo eres.

—Yo no he dicho eso —terció Kate.

—Sí lo has dicho.

Kate estuvo a punto de decir: «No», pero lo cambió por: «Bueno, no he empezado yo».

Estaban todas en el rincón de las muñecas: siete niñas y los gemelos Samson, Raymond y David. En otro rincón los demás niños se arremolinaban en torno al arenero, que habían conseguido convertir en un estadio. Usaban una cuchara de plástico para catapultar piezas de Lego contra un molde de gelatina metálico y alargado que habían colocado al otro lado. La mayoría de las veces fallaban, pero cada vez que alguno acertaba se oían vítores, y los demás empezaban a empujarse unos a otros y a forcejear por la posesión de la cuchara para probar suerte.

Kate debería haber ido a calmarlos, pero no lo hizo. Que consuman parte de esa energía, pensó. Además, de hecho, no era la maestra, sino su ayudante, había una diferencia enorme.

La Escuela de Duendecillos de Charles Village la había fundado hacía cuarenta y cinco años la señora Edna Darling, que seguía dirigiéndolo, y todas sus maestras eran tan viejas que necesitaban ayudantes —una por cabeza y dos para la clase más agotadora de los niños de dos años— porque ¿cómo pedirles que persiguieran a una panda de pequeños golfillos a esa edad tan avanzada? La escuela ocupaba los sótanos de la iglesia Aloysius, pero en su mayor parte estaba a ras del suelo y las clases eran soleadas y luminosas con dobles puertas que daban directamente al patio. Enfrente de las puertas habían levantado una pared para hacer una sala de profesores donde las mujeres pasaban mucho tiempo bebiendo infusiones y charlando de su decadencia física. A veces las ayudantes se aventuraban en la sala para tomar ellas mismas una taza de té, o para ir al baño con un váter y un lavabo de tamaño adulto; pero siempre tenían la sensación de estar interrumpiendo una reunión privada y por lo general no se quedaban demasiado, aunque las maestras eran cordiales con ellas.

Por decirlo con delicadeza, Kate nunca había tenido intención de trabajar en una escuela infantil. No obstante, en su segundo año de facultad le dijo a su profesor de botánica que su explicación de la fotosíntesis demostraba que tenía «muy pocas luces». Una cosa llevó a la otra y al final la invitaron a marcharse. Al principio, temió la reacción de su padre, pero cuando le contó lo sucedido dijo: «Bueno, es verdad: no tiene muchas luces», y se acabó. Así que tuvo que volverse a casa, hasta que su tía Thelma intervino y le encontró un empleo en la escuela. (La tía Thelma pertenecía a la junta directiva. Pertenecía a muchas juntas directivas.) Aunque en teoría Kate podría haber solicitado la readmisión en la facultad al año siguiente, no lo hizo. Tal vez a su padre se le olvidó que tenía esa opción, y sin duda para él era mejor tenerla cerca para ocuparse de la casa y cuidar de su hermana pequeña, que en aquel entonces tenía solo cinco años pero ya empezaba a ser una carga para su anciana asistenta.

La maestra a la que ayudaba Kate se llamaba señora Chauncey. (Todas las maestras eran «señora» para sus ayudantes.) Era una mujer amable y con mucho sobrepeso que cuidaba de niños de cuatro años desde antes de nacer Kate. Por lo general los trataba con un benigno despiste, pero cuando alguno se desmandaba decía: «Connor Fitzgerald, ¡sé lo que estás tramando!» o «Emma Gray, Emma Wills, ¡la mirada al frente!». Pensaba que Kate era demasiado blanda con ellos. Si un niño se negaba a tumbarse a la hora de la siesta, Kate decía: «Bueno, haz lo que quieras», y se iba ofendida. La señora Chauncey le echaba una mirada de reproche antes de decirle al niño: «Alguien no está haciendo lo que le ha dicho la señorita Kate». En esos momentos, Kate se sentía una impostora. ¿Quién era ella para ordenarle a un niño que durmiera la siesta? No tenía la más mínima autoridad y los niños lo sabían; para ellos era solo una niña de cuatro años muy alta y más escandalosa; ni una sola vez en los seis años que llevaba trabajando en la escuela los niños se habían dirigido a ella llamándola «señorita Kate».

De vez en cuando, Kate consideraba la idea de buscar trabajo en otro sitio, pero siempre se quedaba en nada. Lo cierto era que no se le daban bien las entrevistas. Y además no creía estar cualificada para ningún otro empleo.

En la facultad, en su residencia de estudiantes, una vez la habían animado a jugar una partida de ajedrez en la sala común. A Kate no se le daba muy bien el ajedrez, pero era una jugadora audaz, temeraria y poco ortodoxa, y se las arregló para poner a su oponente un rato a la defensiva. Un pequeño grupo de sus compañeros se arremolinó en torno al tablero para mirar, pero Kate no les hizo caso hasta que oyó lo que el chico que tenía detrás le decía a otro que estaba a su lado. «No tiene. Ningún. Plan», susurró. Era cierto. Y poco después perdió la partida.

Ahora pensaba a menudo en esa observación mientras iba a pie a la escuela cada mañana. Cuando ayudaba a los niños a quitarse las botas, cuando les quitaba la plastilina Play-Doh de debajo de las uñas, cuando les ponía tiritas en las rodillas. Cuando les ayudaba a ponerse otra vez las botas.

«No tiene. Ningún. Plan.»

Para comer había tallarines con salsa de tomate. Como de costumbre, Kate ocupó la cabecera de una mesa y la señora Chauncey la otra, al otro extremo del comedor con la clase dividida entre las dos. Antes de ocupar sus asientos, los niños levantaron las manos, primero por un lado y luego por el otro, para que Kate y la señora Chauncey lo vieran. Después se sentaron y la señora Chauncey dio unos golpecitos en el vaso de leche con el tenedor y gritó: «¡Hora de bendecir la mesa!». Los niños agacharon la cabeza.

—Señor —dijo la señora Chauncey con voz tonante—, gracias por estos alimentos y por estos rostros tan sanos y dulces. Amén.

Los niños de la mesa de Kate alzaron la cabeza al instante.

—Kate tenía los ojos abiertos —le dijo Chloe a los demás.

—¿Y qué? —exclamó Kate—. ¿Qué más da, señorita Santurrona? Eso hizo reír a los gemelos Samson.

—Señorita Santurrona —repitió David para sus adentros, como memorizando las palabras para utilizarlas en el futuro.

—Si abres los ojos mientras bendicen la mesa —respondió Chloe—, Dios pensará que no te sientes agradecida.

—Es que no me siento agradecida —dijo Kate—. No me gusta la pasta.

Se hizo un silencio sorprendido.

—¿Cómo puede no gustarte la pasta? —preguntó por fin Jason.

—Huele a perro mojado —le dijo Kate—. ¿Te has dado cuenta?

—¡Puaj! —exclamaron todos.

Acercaron la cara al plato y olisquearon.

—¿Y bien? —preguntó Kate.

Se miraron unos a otros.

—Es verdad —dijo Jason.

—Como si metieran a mi perro Fritz en una cazuela de cangrejos y lo cocinaran —dijo Antwan.

—¡Puaj!

—Pero las zanahorias tienen buena pinta —dijo Kate. Empezaba a arrepentirse de haber dicho eso—. Vamos, todo el mundo a comer.

Un par de niños cogieron el tenedor. La mayoría no lo tocó.

Kate metió la mano en el bolsillo de los tejanos y sacó una tira de cecina. Siempre llevaba cecina encima por si no le gustaba la comida; era muy caprichosa comiendo. Arrancó un pedazo con los dientes y empezó a masticar. Por suerte, a ninguno de los niños le gustaba la cecina, solo a Emma W., que estaba dando vueltas a la pasta, así que Kate no tuvo que compartirla.

—¡Feliz lunes, niños y niñas! —dijo la señora Darling al pasar renqueando con su bastón de aluminio hacia su mesa. Siempre entraba en el comedor en todos los turnos y se las arreglaba para incluir el día de la semana en su saludo.

—Feliz lunes, señora Darling —murmuraron los niños, mientras Kate pasaba con disimulo el bocado de cecina al carrillo izquierdo.

—¿Por qué hay tan pocos niños comiendo? —preguntó la señora Darling. (No se le escapaba nada.)

—Los tallarines huelen a perro mojado —dijo Chloe.

—¿A qué? ¡Dios mío! —La señora Darling se puso la mano arrugada y llena de pecas sobre el vientre abultado—. Me da a mí que has olvidado la regla de algo amable —dijo—. ¿Niños? ¿Quién sabe cuál es la regla de algo amable?

Nadie dijo una palabra.

—¿Jason?

—Si no puedes decir algo amable —musitó Jason—, no digas nada.

—No digas nada. Eso es. ¿A alguien se le ocurre algo amable que decir sobre la comida de hoy?

Silencio.

—¿Señorita Kate? ¿Puede usted decir algo amable?

—Bueno, sin duda…, brilla. —dijo Kate.

La señora Darling le dedicó una mirada larga y penetrante, pero se limitó a decir:

—Muy bien niños. Que aproveche.

Y siguió renqueando hasta la mesa de la señora Chauncey.

—Brilla tanto como un perro mojado —le susurró Kate a los niños.

Estallaron en carcajadas. La señora Darling se detuvo y giró sobre su bastón.

—Ah, a propósito, señorita Kate —dijo—, ¿podría pasar por mi despacho a la hora de la siesta?

—Claro —dijo Kate.

Se tragó el bocado de cecina.

Los niños se volvieron hacia ella con los ojos abiertos como platos. Incluso los niños de cuatro años sabían que ir al despacho no era bueno.

—Nosotros te queremos —le dijo Jason al cabo de un momento.

—Gracias, Jason.

—Cuando mi hermano y yo seamos mayores —añadió David Samson— nos casaremos contigo.

—Vaya, muchas gracias. —Luego dio una palmada y exclamó—: ¿Sabéis qué? De postre hay helado de galletas.

Los niños hicieron ruiditos «Mmm», pero siguieron con expresión desconfiada.

Apenas habían terminado el helado cuando los niños de cinco años llegaron a la puerta del comedor, chocándose unos con otros y saliéndose de la fila. Desde los confines de su pequeño mundo, a Kate le parecían gigantes descomunales e intimidantes, aunque el año anterior habían sido sus alumnos de cuatro años.

—¡Vamos, niños! —gritó la señora Chauncey, poniéndose en pie—. Estamos retrasando a los demás. Dad las gracias a la señora Washington.

—Gracias, señora Washington —cantaron los niños a coro.

La señora Washington, de pie en la puerta de la cocina, sonrió, movió majestuosa la cabeza y metió las manos en el delantal. (La Escuela de Duendecillos de Charles Village daba mucha importancia a las formas.) Los niños de cuatro años formaron una especie de fila y pasaron entre los de cinco, atemorizados y deferentes, con Kate cubriendo la retaguardia. Al pasar al lado de Georgina, la ayudante de la clase 5, murmuró:

—Me han dicho que vaya al despacho de la directora.

—¡Uf! —dijo Georgina—. Pues que Dios te coja confesada.

Era una joven de rostro agradable y mejillas sonrosadas, embarazadísima de su primer hijo. Kate habría apostado cualquier cosa a que a ella nunca la habían llamado al despacho de la directora.

En la clase 4 abrió el armarito para sacar las torres de minúsculas cunas de aluminio donde los niños dormían la siesta. Las colocó espaciadas en la clase, repartió las mantas y las almohadas que los niños guardaban en sus taquillas y frustró, como de costumbre, el plan de las cuatro niñas más parlanchinas de dormir juntas en un rincón. Normalmente, la señora Chauncey pasaba la hora de la siesta en la sala de profesores, pero en esta ocasión volvió a la clase 4 después de comer, se instaló detrás de su mesa y sacó un ejemplar del *Baltimore Sun* de su bolsa de plástico. Debía de haber oído a la señora Darling convocar a Kate a su despacho.

Liam D. anunció que no tenía sueño. Decía lo mismo todos los días, y luego Kate tenía que despertarlo de un estupor letárgico a la hora del patio. Lo arropó por todas partes como a él le gustaba con la manta blanca de franela con dos rayas amarillas que él seguía llamando su «mantita» si los demás niños no estaban cerca. Después Jilly necesitó que le deshiciera la coleta para que el coletero no se le clavara en la cabeza al apoyarla. Kate metió el coletero debajo de la almohada y le dijo:

—Recuerda dónde está, para que puedas encontrarlo cuando te levantes.

Quizá estaría de vuelta a tiempo para recordárselo, pero ¿y si no era así? ¿Y si le decían que cogiese sus cosas y se marchase? Le pasó a Jilly los dedos por el pelo para soltárselo, lo tenía castaño, suave y sedoso y olía a champú de bebés y a ceras de colores. No estaría ahí para enseñarle a Antwan que no hay que abusar de los demás; nunca sabría cómo había recibido Emma B. a su nueva hermanita, que llegaría de China en junio.

No era cierto que no soportara a los niños. Algunos no estaban mal. Pero no le gustaban todos, como si fueran miembros idénticos de un microfilo o algo por el estilo.

Sin embargo, adoptó un tono despreocupado para decirle a la señora Chauncey:

—¡Vuelvo en un momento!

La señora Chauncey se limitó a sonreírle (¿con inocencia?, ¿con lástima?) y pasó una página del periódico.

El despacho de la señora Darling se encontraba al lado de la clase 2, donde los niños eran tan pequeños que dormían en esterillas en el suelo para que no se cayeran. La clase estaba en penumbra, se asomó por el cristal y vio que un silencio intenso y decidido parecía emanar de ella.

El cristal de la puerta de la señora Darling reveló a la señora Darling sentada a su escritorio, hablando por teléfono mientras hojeaba unos papeles. No obstante, en cuanto Kate llamó a la puerta, se despidió apresuradamente y colgó.

—Adelante —dijo.

Kate entró y se desplomó en la silla de respaldo recto que había delante del escritorio.

—Por fin nos han dado una fecha para sustituir la moqueta manchada —le dijo la señora Darling.

—¡Ajá! —dijo Kate.

—No obstante, la cuestión es saber por qué se ha manchado. Sin duda, debe de haber alguna fuga, y hasta que la encontremos no tiene sentido poner una moqueta nueva.

Kate no tenía nada que decir al respecto, así que no dijo nada.

—En fin —dijo la señora Darling—, da igual.

Alineó con eficiencia los papeles y los metió en una carpeta. Luego alargó el brazo para coger otra. (¿La de Kate? ¿Tenía Kate asignada una carpeta? ¿Qué demonios contendría?) La abrió y leyó la primera página un instante, luego observó a Kate por encima de la montura de las gafas.

—Bueno —dijo—. Kate. Quisiera saber. ¿Con exactitud, cómo valorarías tu rendimiento aquí?

—¿Mi qué?

—Tu rendimiento en la Escuela de Duendecillos. Tus capacidades docentes.

—¡Oh! —dijo Kate—. No lo sé. —Tenía la esperanza de que

fuese una respuesta suficiente, pero, al ver que la señora Darling seguía observándola con gesto expectante, añadió—: No sé, en realidad no soy maestra sino ayudante.

—¿Y bien?

—Que lo único que hago es ayudar. —La señora Darling continuó mirándola—. Aunque supongo que no se me da mal —dijo por fin Kate.

—No —dijo la señora Darling—, por lo general no. —Kate intentó no parecer sorprendida—. De hecho diría que pareces gustarle a los niños —añadió la señora Darling. Las palabras «por alguna misteriosa razón» quedaron silenciosamente suspendidas en el despacho—. Por desgracia, no creo que sus padres opinen igual.

—¡Ah! —dijo Kate.

—No es la primera vez que lo hablamos, Kate. ¿Lo recuerdas?

—Sí.

—Tú y yo hemos hablado ya de esto. Lo hemos hablado muy en serio.

—Cierto.

—Esta vez ha sido el señor Crosby. El padre de Jameesha.

—¿Qué le pasa?

—Dice que habló contigo el jueves. —La señora Darling cogió la primera hoja de papel y se ajustó las gafas para mirarla—. El jueves por la mañana, cuando trajo a Jameesha a la escuela. Te dijo que quería hablar contigo porque Jameesha se chupa el dedo.

—Dos dedos —la corrigió Kate. Jameesha tenía la costumbre de chuparse el dedo corazón y el anular, con el meñique y el índice hacia arriba como en el símbolo de «te quiero» en el lenguaje para sordos. Kate había visto otros casos parecidos. Benny Mayo también lo hacía el año anterior.

—Dos dedos, muy bien. Te pidió que se lo impidieras cuando la vieses hacerlo.

—Lo recuerdo.

—¿Y recuerdas lo que le dijiste?

—Le dije que no se preocupara.

—¿Y ya está?

—Le dije que dejaría de hacerlo, con el tiempo.

—Le dijiste… —La señora Darling leyó en voz alta la hoja de papel—: «Lo más probable es que pare pronto, cuando los dedos sean lo bastante largos para que se saque los ojos».

Kate se rió. No recordaba haber sido tan ingeniosa.

—¿Qué crees que sintió el señor Crosby? —preguntó la señora Darling

—¿Y cómo quiere que lo sepa?

—Podrías imaginarlo —dijo la señora Darling—. Pero seguiré leyendo y lo sabrás. Tuvo la sensación de que eras… —volvió a leer en voz alta—: «… frívola e impertinente».

—¡Ah!

La señora Darling bajó el papel.

—Algún día —le dijo a Kate— supongo que llegarás a ser maestra.

—¿Eso cree?

Kate no había reparado en que podía hacer carrera en su puesto. Hasta el momento no había notado ningún indicio.

—Te imagino a cargo de una clase, cuando madures —dijo la señora Darling—. Pero con eso no me refiero solo a que seas mayor.

—Oh, no.

—Sino a que tendrás que desarrollar ciertas habilidades sociales. Un poco de tacto, de contención, de diplomacia.

—De acuerdo.

—¿Entiendes siquiera de qué te hablo?

—De tacto. De contención. De diplomacia.

La señora Darling la observó un momento.

—Porque de lo contrario —dijo—, no creo que puedas continuar formando parte de nuestra pequeña comunidad, Kate. Me gustaría creerlo. Me gustaría que siguieras con nosotros por tu querida tía, pero estás pisando un terreno peligroso; quiero que lo sepas.

—Lo entiendo —repuso Kate.

La señora Darling no pareció muy convencida, pero al cabo de una pausa dijo:

—Muy bien, Kate. Deja la puerta abierta al salir, por favor.

—Claro, señora D. —respondió Kate.

—Creo que acaban de advertirme de que estoy a prueba —le dijo a la ayudante de los niños de tres años. Estaban las dos en el patio, vigilando los balancines para que no se matara nadie.

—¿No lo estabas ya? —preguntó Natalie.

—Oh —respondió Kate—. Puede que tengas razón.

—¿Qué has hecho esta vez?

—Insultar a un padre. —Natalie hizo una mueca. Todas opinaban lo mismo de los padres—. A ese padre chalado que quiere tenerlo todo controlado —dijo Kate— y que quiere que su hija sea doña Perfecta.

Pero justo en ese instante llegó Adam Barnes con un par de sus alumnos de dos años, y ella cambió de tema. (Siempre intentaba parecer más amable de lo que era cuando Adam estaba cerca.)

—¿Qué hay? —les preguntó.

—No mucho —respondió Natalie, mientras Kate le sonreía como una idiota y se metía las manos en los bolsillos de los tejanos.

—Gregory quiere subir a uno de los balancines —dijo Adam—. Le he dicho que a lo mejor alguno de los mayores le deja.

—¡Pues claro! —repuso Natalie—. ¡Donny! —gritó—, ¿te importaría dejar que Gregory suba un rato al balancín?

No lo habría hecho por nadie más que por Adam. Se suponía que los niños tenían que aprender a esperar…, incluso los de dos años. Kate la miró con los ojos entornados y Donny se quejó:

—¡Pero acabo de subir!

—Ah, bueno —terció enseguida Adam—. Entonces no sería justo. No querrás ser injusto con Donny, ¿verdad, Gregory?

Gregory parecía querer ser injusto. Los ojos se le llenaron de lágrimas y empezó a temblarle la barbilla.

—¡Ah, ya sé! —dijo Natalie en un tono superentusiasta—. ¡Gregory, puede subir con Donny! ¡Donny se portará como un niño mayor y te dejará subir con él!

Kate sintió ganas de vomitar. Estuvo a punto de fingir que se metía un dedo en la garganta, pero se contuvo. Por suerte Adam no la miró. Subió a Gregory en el balancín delante de Donny, que al menos pareció tolerar aquel acuerdo, y luego fue al otro lado para sujetar por detrás a Jason y añadir un poco de peso en el otro extremo.

Adam era el único ayudante masculino de la escuela, un tipo larguirucho de rostro afable y aspecto de joven comandante inglés con una mata de pelo negro y barba rizada. Al parecer, la señora Darling pensaba que había sido excepcionalmente atrevida al contratarlo, aunque a esas alturas la mayoría de las escuelas de preescolar tenían hombres en su plantilla. Primero lo había asignado a la clase de los niños de cinco años, conocida también como los pre-I porque esos alumnos, en su mayoría niños, tenían edad para ir a la escuela infantil, pero se pensaba que necesitaban socializar un año más. La señora D. creyó que un hombre proporcionaría estructura y disciplina. Sin embargo, Adam había resultado ser tan amable que a mitad de su primer año, él y Georgina intercambiaron sus puestos. Ahora cuidaba felizmente de los niños de dos años, les limpiaba la nariz, consolaba a los que echaban de menos su casa, y antes de la hora de la siesta lo oían entonar canciones de cuna con su voz mascullante y aterciopelada acompañado por el soporífico rasgueo de la guitarra. A diferencia de la mayoría de los hombres, era bastante más alto que Kate, y sin embargo en su presencia ella siempre se sentía demasiado grande y desgarbada. Deseaba ser más dulce, delicada y femenina, y le avergonzaba su torpeza.

Le habría gustado tener madre. Bueno, la había tenido, pero le habría gustado tener una que la hubiese enseñado mejor a moverse por el mundo.

—Te vi pasar a la hora de la siesta —le gritó Adam, mientras empujaba el balancín—. ¿Algún problema con la señora Darling?

—No… —respondió ella—. Ya sabes. Estábamos hablando de un niño que me tenía preocupada.

Natalie soltó un gruñido. Kate le echó una mirada furiosa y Natalie adoptó una expresión exagerada de «¡Oh, lo siento!». ¡Qué transparente era Natalie! Todo el mundo sabía que estaba coladísima por Adam.

La semana anterior, se supo en toda la escuela que Adam le había dado a Sophia Watson uno de sus atrapasueños hechos a mano. «¡Ajá!», dijo todo el mundo. Pero Kate pensó que tal vez lo hubiese hecho solo porque Sophia también era ayudante en la clase 2.

Tacto, contención, diplomacia. ¿Qué diferencia había entre tacto y diplomacia? A lo mejor «tacto» era decir las cosas con educación y «diplomacia» no decir nada. Aunque ¿no sería eso «contención»? ¿No equivalía «contención» a las tres cosas?

Kate había reparado en que la gente tendía a ser pródiga con el lenguaje. Utilizaba muchas más palabras de las necesarias.

Se tomó su tiempo para volver a casa porque el tiempo era muy bueno. Por la mañana hacía mucho frío, pero luego el día se caldeó y Kate se echó la chaqueta al hombro. Una joven pareja paseaba despacio delante de ella, la chica estaba contando una larga historia sobre otra joven llamada Lindy, pero Kate no se molestó en intentar adelantarles.

Se preguntó si los insípidos pensamientos de color azul claro que vio en una maceta florecerían en su jardín trasero. Era demasiado sombrío.

Detrás oyó que alguien gritaba su nombre. Se volvió y vio a un hombre de pelo claro que corría hacia ella con un brazo levantado, como si estuviese llamando un taxi. Por un momento no supo qué tenía que ver con ella, pero luego reconoció al ayudante de investigación de su padre. Sin la bata de laboratorio la había despistado; llevaba unos tejanos y un jersey gris muy sencillo.

—¡Hola! —la saludó al llegar a su lado. (Aunque sonó «Jola».)

—Peter —dijo ella.

—Piotr.

—¿Qué tal? —preguntó.

—Me temo que he pillado un resfriado —dijo—. Me moquea la nariz y no hago más que estornudar. Estoy así desde anoche.

—¡Vaya faena! —repuso ella.

Volvió a echar a andar y él la siguió hasta ponerse a su altura.

—¿Un buen día en la escuela? —preguntó.

—No ha estado mal.

Habían llegado justo detrás de la joven pareja. Lindy debería dejar a ese tío, estaba diciendo la chica; la hacía desdichada; y el joven respondió: «Oh, no sé, yo no la veo mal».

«¿Es que no tienes ojos? —le preguntó la chica—. Siempre que están juntos ella lo mira a la cara y él aparta la mirada. Todo el mundo se ha dado cuenta, Patsy, Paula y Jane Ann, y mi hermana se decidió y le dijo a Lindy…»

Piotr cogió un momento a Kate por el brazo para adelantarlos. Kate dio un respingo. No era mucho más alto que ella, pero le costaba seguirle el ritmo, de pronto se preguntó por qué lo hacía y aminoró el paso. Él hizo lo mismo.

—¿No deberías estar trabajando? —preguntó Kate.

—¡Sí! Voy para allá.

El laboratorio estaba a dos manzanas en dirección contraria, así que no tenía mucho sentido, pero no era asunto suyo. Miró el reloj. Le gustaba llegar a casa antes que Bunny, que en teoría no debía recibir a ningún chico cuando estaba sola, si bien a veces lo hacía.

—En mi país tenemos proverbio —le dijo Piotr. ¿Cómo no?, pensó Kate—. Decimos: «Trabajo cuando está dividido en partes es más corto en total que trabajo cuando está junto en una unidad».

—Tiene miga —dijo Kate.

—¿Cuánto tiempo hace que no te cortas el pelo?

El cambio de tema la pilló desprevenida.

—¿Cómo? —dijo—. Oh, desde que empecé el instituto, tal vez. No sé. No aguantaba más cotilleos.

—¿Cotilleos?

—En la peluquería. Todo el mundo habla por los codos; en esos sitios solo se oye hablar. Las mujeres empiezan antes incluso de sentarse: hablan de sus novios, de sus maridos, de sus suegras. De sus compañeras de piso, de novias celosas. De disputas y malentendidos, de amoríos y divorcios. ¿Cómo pueden tener tanto que decir? A mí nunca se me ocurría nada. No hacía más que decepcionar a mi peluquera. Al final me dije: «Se acabó. No me vuelvo a cortar el pelo».

—Es muy atractivo —dijo Piotr.

—Gracias —respondió Kate—. Bueno, yo me voy por aquí. ¿Sabes que el laboratorio está en dirección contraria?

—¡Ah! ¡Es en dirección contraria! —dijo Piotr. No parecía muy contrariado—. ¡Bueno, Kate, hasta la vista! Ha sido agradable charlar contigo.

Kate había echado a andar hacia su calle y levantó un brazo sin mirar atrás.

Acababa de entrar en casa cuando oyó una voz claramente masculina.

—Bunny —la llamó con tono muy serio.

—¡Estoy aquí! —canturreó Bunny.

Kate dejó la chaqueta en el banco del vestíbulo y fue al cuarto de estar. Bunny estaba en el sofá, toda rizos dorados, con su carita inocente, una blusa que dejaba los hombros al descubierto y era demasiado fina para esa época del año, y el hijo de sus vecinos, los Mintz, sentado a su lado.

Era una novedad. Edward Mintz era varios años mayor que Bunny, un jovenzuelo de aspecto poco saludable, con pelillos rubios en la barbilla, que a Kate le recordaban a un liquen. Había terminado el instituto hacía dos junios, pero no había ido a la universidad; su madre decía que padecía «esa enfermedad japonesa». «¿Qué enfermedad?», había preguntado Kate, y la señora Mintz, respondió: «Esa que hace que los jóvenes se encierren en su habitación y se nieguen a seguir con su vida». Solo que Edward no parecía haberse encerrado en su cuarto sino en el porche acristalado que daba a la ventana del comedor de los Battista, donde día sí y día también lo veían sentado en una tumbona abrazándose las rodillas y fumando cigarrillos sospechosamente pequeños.

Bueno muy bien: al menos no había riesgo de coqueteo. (La debilidad de Bunny eran los tipos con pinta de jugadores de fútbol americano.) Pero las normas eran las normas, y Kate dijo:

—Bunny, sabes que se supone que no puedes tener invitados cuando estás sola.

—¡Invitados! —gritó Bunny abriendo perpleja los ojos. Tenía un cuaderno de espiral abierto sobre las piernas—. Estoy en clase de español.

—¿Ah, sí?

—¿Recuerdas que se lo pregunté a papi? ¿Cuando la señora McGillicuddy dijo que necesitaba un profesor particular? ¿Y que se lo pregunté a papi y dijo que de acuerdo?

—Sí, pero… —empezó Kate. Sí, pero sin duda no se refería a un vecino que se pasaba todo el día fumado. No obstante, Kate no se lo dijo. (Diplomacia.) En vez de eso, se volvió hacia Edward y preguntó—: ¿Hablas español con fluidez, Edward?

—Sí, señora, lo he estudiado cinco semestres —respondió. Kate no supo interpretar si lo de señora lo decía en plan sabihondo o en serio. En cualquier caso, era irritante; no era tan mayor—. A veces incluso pienso en español.

Bunny soltó una risita. Bunny se reía por todo.

—¿Ya me ha enseñado muchas cosas? —dijo.

Otra molesta costumbre que tenía era convertir las frases enunciativas en preguntas. A Kate le gustaba pincharla fingiendo que pensaba que en realidad eran preguntas, así que dijo:

—No puedo saberlo porque no estaba en casa con vosotros.

—¿Qué? —preguntó Edward.

—¿Tú ignórala? —dijo Bunny.

—Saqué sobresaliente o notable todos los semestres —comentó Edward—, excepto el último año, y no fue culpa mía. Estaba sometido a mucha tensión.

—Aun así —insistió Kate—. Bunny no puede invitar a chicos cuando no hay nadie más en casa.

—¡Oh! ¡Qué humillante! —gritó Bunny.

—Mala suerte —le dijo Kate—. Seguid, estaré por aquí.

Y se fue.

Detrás, oyó a Bunny murmurar: «Un bicho».

—La bicha —la corrigió Edward en tono didáctico.

Sufrieron un leve ataque de risa.

Bunny no era ni la mitad de dulce de lo que pensaba la gente.

Kate nunca había entendido ni por qué existía Bunny. Su madre —una frágil, callada y sonrosada rubia platino con los mismos ojos de asterisco que Bunny— había pasado los primeros catorce años de la vida de Kate entrando y saliendo de varias «casas de reposo», como las llamaban ellos. Luego, de pronto, nació Bunny. A Kate le costaba imaginar que a sus padres les hubiese parecido una buena idea. Tal vez no se lo hubiese parecido; a lo mejor había sido un caso de pasión repentina. Pero aún le costaba más imaginar eso. En cualquier caso, el segundo embarazo sacó a la luz algún defecto en el corazón de Thea Battista, o tal vez lo causase, y murió antes de que Bunny cumpliera un año. Para Kate, apenas supuso un cambio respecto a la ausencia que había sufrido toda su vida. Y Bunny ni siquiera recordaba a su madre, aunque tenía gestos inquietantemente similares, su forma recatada de hundir la barbilla en el pecho, por ejemplo, y su costumbre de mordisquearse con delicadeza la punta del dedo índice. Era casi como si se hubiese dedicado a estudiar a su madre desde el interior de su vientre. Su tía Thelma, la hermana de Thea, decía siempre: «¡Ay, Bunny, te juro que me entran ganas de llorar al verte. Eres la viva imagen de tu pobre madre!».

Por su parte, Kate no se parecía en nada a su madre. Kate era morena, de huesos grandes y desgarbada. Habría parecido ridícula si se hubiese mordisqueado un dedo, y nunca le habían dicho que fuese dulce.

Kate era una bicha.

—¡Katherine, cariño! —Kate se apartó sobresaltada de los fogones. Su padre estaba en el umbral con una brillante sonrisa pintada en el semblante—. ¿Qué tal el día? —le preguntó.

—No ha estado mal.

—¿Te han ido bien las cosas?

—Casi bien.

—¡Genial! —Siguió allí plantado. Por lo general, volvía desanimado del laboratorio, con la mente ocupada todavía en lo que estuviera investigando, pero tal vez ese día hubiese tenido una especie de éxito—. Supongo que fuiste andando al trabajo.

—Pues claro —respondió ella. Siempre iba a pie, a no ser que el tiempo fuese horrible.

—¿Y has vuelto dando un paseíto?

—Sí —dijo—. A propósito, me he encontrado con tu ayudante.

—¿Ah, sí?

—Sí.

—¡Estupendo! ¿Qué tal estaba?

—¿Que qué tal estaba? —repitió Kate—. ¿Es que no lo sabes?

—Digo que de qué habéis hablado.

Ella intentó recordar.

—¿De pelo? —dijo.

—Ah. —Su padre siguió sonriendo—. ¿Y de qué más? —preguntó por fin.

—Creo que de nada.

Kate volvió a los fogones. Estaba recalentando el mejunje que cenaban todas las noches. Lo llamaban puré de carne, pero eran alubias, verduras y patatas, mezcladas con una pequeña cantidad de carne de vaca guisada los sábados por la tarde y triturada para formar una especie de pasta grisácea que servían a lo largo de la semana. Lo había inventado su padre. No entendía por qué la gente no seguía el mismo sistema; proporcionaba todos los nutrientes necesarios y ahorraba tiempo y tener que tomar decisiones.

—Papá —dijo bajando el fuego—, ¿sabías que Bunny se las ha arreglado para que Edward Mintz sea su profesor particular de español?

—¿Quién es Edward Mintz?

—El vecino de al lado, papá. Estaba aquí esta tarde cuando llegué a casa del trabajo. Aquí en casa y, dicho sea de paso, recordarás que va contra las reglas. Además no tengo ni idea de si es buen profesor. Ni siquiera sé qué le habrá dicho que íbamos a pagarle. ¿Te ha preguntado a ti?

—Bueno, me parece que… sí, creo recordar que me dijo que no iba muy bien en español.

—Sí, y tú le dijiste que se buscase un profesor particular, pero ¿por qué no ha llamado a ese sitio donde le buscaron los profesores particulares de matemáticas e inglés? ¿Por qué ha contratado al hijo de los vecinos?

—Seguro que tenía una buena razón —dijo su padre.

—No entiendo por qué lo crees —respondió Kate. Golpeó el cucharón contra el lado de la cazuela para soltar un pegote de puré que se había pegado.

Siempre le sorprendía lo mucho que ignoraba su padre de la vida normal y cotidiana. Vivía como suspendido en el vacío. La asistenta decía que era por lo listo que era. «Tiene cosas muy importantes en la cabeza —aseguraba—. Acabar con las enfermedades del mundo y cosas por el estilo.» «Bueno, eso no significa que no pueda pensar también en nosotras —objetaba Kate—. Es como si sus ratones fuesen más importantes. ¡Como si no nos quisiera!» «¡Claro que sí, cariño! Claro que sí. Lo que pasa es que no sabe demostrarlo. Es como si… no hubiese aprendido el idioma, o algo así; como si viniera de otro planeta. Pero te prometo que os quiere.»

Su asistenta habría suscrito plenamente la norma de algo amable de la señora Darling.

—Cuando te hablé el otro día del visado de Pioter —continuó su padre—. No sé si entendiste bien la dificultad. El visado es válido por tres años. Lleva aquí dos años y diez meses.

—Caramba —dijo Kate. Apagó el fuego y cogió la olla por las dos asas—. Disculpa.

Él retrocedió hacia la puerta. Kate pasó por delante hacia el comedor y dejó la olla sobre el salvamanteles que ocupaba siempre el centro de la mesa.

Aunque el comedor estaba decorado con muebles formales y

elegantes heredados de los antepasados de Thea, había adquirido un aspecto desordenado después de su muerte. Frascos de vitaminas, sobres abiertos y diversos objetos de oficina cubrían el servicio de plata del aparador. En un extremo de la mesa había una pila de recibos, una calculadora, un libro de cuentas y un fajo de formularios de Hacienda. Kate era siempre la encargada de hacer la declaración, y ahora miró con gesto culpable a su padre que la había seguido. (El plazo de entrega se acercaba peligrosamente.) Pero él seguía inmerso en sus pensamientos.

—Entenderás la dificultad —dijo.

La siguió de vuelta a la cocina.

—Disculpa —volvió a decir Kate.

Él la siguió una vez más hasta el comedor. Tenía los puños metidos en los bolsillos del guardapolvo y parecía que llevase manguitos.

—Dentro de dos meses tendrá que abandonar el país —dijo.

—¿No puedes hacer que le renueven el visado?

—En teoría sí. Pero todo depende de quién solicite la renovación…, de si el proyecto de esa persona es lo bastante importante, y sospecho que algunos de mis colegas opinan que el mío se ha convertido en algo absurdo. En fin, ¿qué saben ellos? Voy por el buen camino. Lo presiento; estoy a punto de conseguir una clave única y unificada para los desórdenes autoinmunes. Aun así, los de Inmigración dirán que tengo que continuar sin él. Desde el once de septiembre se han vuelto muy poco razonables.

—Ya —dijo Kate. Habían vuelto a la cocina. Escogió tres manzanas del frutero que había sobre la encimera—. ¿Y a quién vas a contratar para reemplazarle?

—¡Reemplazarle! —exclamó su padre. Se quedó mirándola—.

Kate —prosiguió—, ¡estamos hablando de Pioter Cherbakov! Después de trabajar con Pioter Cherbakov, no me sirve nadie.

—Pues me da la impresión de que alguien tendrá que servirte —objetó Kate—. Disculpa —volvió a decir. Regresó al comedor, seguida una vez más por su padre, y dejó una manzana encima de cada plato.

—Estoy acabado —dijo su padre—. Perdido. Ya puestos podría dejar de investigar.

—Cielos, papá.

—A no ser, tal vez, que pudiésemos… modificar su estado.

—Muy bien. Pues modifica su estado. —Pasó a su lado y salió al pasillo—. ¡Bunny! —gritó al pie de las escaleras—. ¡La cena está servida!

—Podríamos modificar su estado a «casado con una ciudadana estadounidense».

—¿Piotr está casado con una estadounidense?

—Bueno, aún no —respondió su padre. La siguió de vuelta al comedor—. Pero es bastante apuesto, creo. ¿No te parece? Todas las jóvenes del edificio parecen buscar cualquier excusa para charlar con él.

—¿Y no podría casarse con una de ellas? —preguntó Kate. Se sentó en su sitio y desplegó la servilleta.

—No creo —dijo su padre—. No…, por desgracia, las conversaciones no pasan de ahí.

—Entonces, ¿con quién?

Su padre se sentó a la cabecera de la mesa. Carraspeó y dijo:

—¿Tú, tal vez?

—Muy gracioso —respondió—. ¡Oh! ¿Dónde se ha metido esa cría? ¡Bernice Battista! —gritó—. ¡Baja ahora mismo!

—Ya estoy aquí —dijo Bunny desde la puerta—. No hace falta que me revientes los oídos.

Se desplomó en la silla enfrente de Kate.

—Hola, papi —dijo.

Se hizo un largo silencio, durante el cual el doctor Battista pareció estar arrastrándose desde las profundidades. Por fin respondió:

—Hola, Bunny. —Su voz sonó hueca y quejosa.

Bunny miró a Kate y alzó las cejas. Kate se encogió de hombros y cogió el cucharón.

3

—Feliz martes, niños —dijo la señora Darling, y después le pidió a Kate que fuese otra vez a su despacho.

Esta vez Kate no pudo dejar la clase durante la hora de la siesta, porque la señora Chauncey estaba enferma y no había ido a la escuela. Y los martes ella se ocupaba del servicio extra de guardería. Así que tuvo que esperar desde la hora de comer hasta las cinco y media presa de una gran incertidumbre.

No tenía ni la menor idea de por qué quería verla la señora Darling. Pero casi nunca lo sabía. ¡La etiqueta de aquel lugar era muy misteriosa! O las costumbres, o las convenciones, o lo que fuese… Como no mostrar a los desconocidos la suela del zapato y cosas por el estilo. Intentó recordar algo que pudiera haber hecho mal, pero ¿qué podía haber hecho mal desde el día anterior por la tarde hasta hoy al mediodía? Había decidido reducir al mínimo su relación con los padres, y no creía que la señora Darling se hubiera enterado de su pequeño estallido de esa mañana cuando no pudo bajar la cremallera de la chaqueta de Antwan. «Estúpida y puñetera vida moderna de las narices», había murmurado. Pero lo que había maldecido era la vida y no a Antwan y sin duda él lo entendió así. Además, no parecía uno de esos niños que cuenta lo que dicen los demás, ni aunque tuviese ocasión.

Era una de esas cremalleras de doble sentido, que pueden abrirse desde abajo mientras la parte de arriba sigue cerrada, y al final tuvo que quitarle la chaqueta por la cabeza. Detestaba esas cremalleras. Era una cremallera puñetera, pensada para cubrir una necesidad antes de que apareciera.

Intentó recordar las palabras utilizadas por la señora Darling para formular su amenaza del día anterior. No había dicho nada del estilo de «Una impertinencia más y a la calle», ¿no? No, había sido menos concreta. Algo así como el vago «ya verás» con el que los adultos amenazaban siempre a los niños, y que estos sabían que no era tan grave como parecía.

Creía recordar que había utilizado la frase «estás pisando un terreno peligroso».

¿Cómo llenaría los días si se quedaba sin trabajo? No tenía nada en su vida, ninguna razón para levantarse de la cama por las mañanas.

El día anterior, en clase, Chloe Smith les había hablado de una visita a una granja para niños que había hecho el fin de semana. Dijo que había visto unas cabritillas, y Kate exclamó: «¡Qué suerte!». (Le gustaban las cabras.)

—¿Retozaban como hacen cuando están contentas? —preguntó.

—Sí, unas cuantas estaban justo empezando a volar —respondió Chloe, y ante esa descripción tan seria, concreta y poco sorprendida Kate sintió una punzada de puro placer.

Es curioso cómo para valorar lo que tenemos hay que imaginar que lo perdemos.

A las 17.40, la última madre recogió al último niño —una madre de la clase 5, la señora Amherst, que siempre llegaba tarde desde que su hijo entró en la escuela—, y Kate ofreció su última falsa sonrisa, apretando los labios con rigidez para que no se le escapase ninguna palabra desafortunada. Enderezó la espalda, tomó aliento profundamente y se dirigió al despacho de la señora Darling.

La señora Darling estaba regando las plantas. Tal vez hubiese agotado ya todas las demás maneras de matar el tiempo. Kate esperó que el aburrimiento no la hubiese vuelto más irritable, como le habría pasado a ella si hubiese tenido que esperar, así que empezó diciendo:

—Siento muchísimo llegar tarde. Ha sido por culpa de la señora Amherst.

A la señora Darling pareció traerle sin cuidado la señora Amherst.

—Siéntate —le dijo a Kate, alisándose la falda mientras se sentaba a la mesa.

Kate se sentó a su vez.

—Emma Gray —dijo la señora Darling. Desde luego ese día no derrochaba las palabras.

—¿Emma Gray? —El cerebro de Kate recorrió con celeridad todas las posibilidades. No había ninguna, que ella supiese. Emma Gray nunca le había dado problemas.

—Emma te preguntó quién creías que era el que dibujaba mejor de la clase cuatro —dijo la señora Darling. Miró el cuaderno que tenía al lado del teléfono—. Respondiste —y leyó literalmente las palabras—: «Creo que probablemente Jason».

—Cierto —dijo Kate.

Esperó la conclusión, pero la señora Darling dejó el cuaderno como si la hubiera dicho ya. Entrelazó los dedos y contempló a Kate con una expresión de «¡Ya lo ves!» pintada en el semblante.

—No puede ser más cierto —insistió Kate.

—La madre de Emma está muy disgustada —le dijo la señora Darling—. Dice que hiciste que Emma se sintiese inferior.

—Porque lo es —dijo Kate—. Emma G. no sabe hacer la O con un canuto. Me preguntó mi opinión sincera y le di una respuesta sincera.

—Kate —dijo la señora Darling—, hay tantas cosas discutibles en esa respuesta, que ni siquiera sé por dónde empezar.

—¿Qué tiene de malo? No lo entiendo.

—Bueno, le podías haber dicho: «Oh, Emma, el arte nunca me ha parecido una competición. Estoy muy contenta de que seáis todos tan creativos. Todos os esforzáis siempre por hacer las cosas lo mejor posible».

Kate intentó imaginarse hablando así. No pudo.

—Pero a Emma no le molestó —exclamó—. Lo juro. Lo único que dijo fue: «Ah, sí, Jason», y siguió ocupada con sus cosas.

—Le molestó lo suficiente para contárselo a su madre —objetó la señora Darling.

—A lo mejor solo quería darle conversación.

—Los niños no dan conversación, Kate.

De acuerdo con la experiencia de Kate dar conversación era una de las cosas que más les gustaban, pero dijo:

—Bueno, en cualquier caso, eso fue la semana pasada.

—¿Y qué quieres decir con eso?

La respuesta habitual de Kate a esa pregunta era: «Caramba. Qué lástima que no lo hayas pillado». Pero en esta ocasión se contuvo. (Lo más frustrante de practicar la contención era que nadie se daba cuenta.)

—Que no acaba de ocurrir —dijo—. Sucedió incluso antes de lo del padre de Jameesha. Antes de que prometiera enmendarme. Recuerdo lo que prometí y me estoy esforzando por cumplirlo. Estoy siendo muy diplomática y procuro tener mucho tacto.

—Me alegro de oírlo —dijo la señora Darling.

No parecía muy convencida, pero tampoco le dijo a Kate que estaba despedida. Se limitó a mover la cabeza y dijo que eso era todo, supuso Kate.

Cuando Kate llegó a casa, se encontró a Bunny organizando un desastre en la cocina. Estaba friendo un bloque de algo blanco a demasiada temperatura, y la casa entera estaba impregnada de ese olor a salsa de soja y aceite recalentado habitual de los restaurantes chinos.

—¿Qué es eso? —preguntó Kate, corriendo a bajar el fuego.

Bunny se apartó.

—No te pongas hecha una furia, por el amor de Dios —dijo. Sostuvo la espátula como si fuese un matamoscas—. ¿Es tofu?

—¡Tofu!

—¿Me voy a hacer vegetariana?

—Estás de broma —dijo Kate.

—En este país seiscientos sesenta mil animales mueren cada hora todos los días por nuestra culpa.

—¿Cómo lo sabes?

—Me lo ha dicho Edward.

—¿Edward Mintz?

—¿No come cosas que tengan cara? Así que, a partir de la semana que viene, necesito que prepares el puré de carne sin ternera.

—Quieres un puré de carne sin carne.

—Así será más sano. Ni te imaginas la cantidad de toxinas que nos metemos en el cuerpo.

—¿Por qué no ingresas en una secta? —le preguntó Kate.

—¡Sabía que no lo entenderías!

—¡Oh!, ve a poner la mesa —dijo cansada Kate. Abrió la nevera y sacó la olla de puré de carne.

Bunny no había sido siempre tan estúpida. Era como si más o menos en torno a los doce años se hubiese convertido en una cabeza hueca. Se le notaba hasta en cómo llevaba el pelo. Antes se lo recogía en dos sensatas trenzas, ahora era una maraña de rizos dorados a través de los cuales se veía la luz del día si se miraba desde el ángulo apropiado. Tenía la costumbre de dejar los labios un poco separados y los ojos muy abiertos con mirada ingenua, su ropa era extrañamente infantil para ella, con cinturillas por debajo de las axilas y faldas muy muy cortas a la altura del muslo. Kate suponía que lo hacía por los chicos, para atraerlos, aunque ¿por qué iba a ser atractiva para los adolescentes esa ñoñería? Pero era evidente que lo era. Bunny estaba muy solicitada. En público andaba con los pies hacia dentro, a menudo mordisqueándose el dedo, lo cual le daba un aire de timidez que no podía ser más engañoso. En privado, no obstante, allí en la cocina, andaba normal. Fue al comedor cargada de platos y los dejó bruscamente sobre la mesa, uno, dos, tres.

Kate estaba cogiendo manzanas del cuenco de la encimera cuando oyó a su padre en el vestíbulo.

—Deja que avise a Kate de que hemos llegado —le oyó decir, y luego—: ¿Kate?

—¿Qué?

—Somos nosotros.

Kate cruzó una mirada con Bunny, que estaba pasando a un plato el bloque de tofu.

—¿Quiénes? —preguntó. El doctor Battista apareció en la puerta de la cocina. Piotr Shcherbakov estaba a su lado—. ¡Oh! Piotr.

—¡Jola! —saludó Piotr. Llevaba el mismo jersey gris que el día anterior, y en una mano sostenía una bolsita de papel.

—Y aquí está mi otra hija, Bunny —dijo el doctor Battista—. Bun-Buns, te presento a Pioter.

—¡Hola! ¿Qué tal? —preguntó Bunny, haciendo un mohín.

—Llevo dos días tosiendo y estornudando —le contestó Piotr—. También sonándome. Creo que es microbio.

—¡Oh, pobrecillo!

—Pioter cenará con nosotros —anunció el doctor Battista.

—¿Ah, sí? —dijo Kate.

Le habría recordado a su padre que, como norma, la gente informaba con antelación de esas cosas al cocinero, pero lo cierto era que en su casa no existía esa norma; nunca se había planteado la situación. Los Battista no habían tenido un invitado a cenar desde que Kate tenía memoria. Y Bunny ya había dicho: «¡Genial!». (Bunny era de esas personas que piensan que, cuanta más gente, mejor.) Sacó otro plato limpio del lavavajillas y más cubiertos. Entretanto, Piotr le dio la bolsa de papel.

—Es obsequio de invitado —le dijo—. Postre.

Ella cogió la bolsa y miró en su interior. Dentro había cuatro barritas de chocolate.

—Vaya, gracias —dijo.

—Noventa por ciento de cacao. Flavonoides. Polifenoles.

—Pioter tiene mucha fe en el chocolate negro —comentó el doctor Battista.

—¡Oh, adoro el chocolate! —le dijo Bunny a Piotr—. ¿Soy como adicta? ¿Nunca me canso de comerlo?

Era una suerte que a Bunny le hubiese dado por ser encantadora, porque Kate no se sentía tan hospitalaria. Cogió otra manzana del cuenco y fue al comedor después de echarle una mirada enfadada a su padre al pasar a su lado. Él sonrió y se frotó las manos.

—¡Un poco de compañía! —dijo en tono de confianza.

—Ejem.

Cuando volvió a la cocina, Bunny estaba preguntándole a Piotr qué era lo que más echaba de menos de su casa. Lo estaba mirando a la cara con mirada alelada como si estuviese transida, todavía con el plato y los cubiertos en la mano, con la cabeza ladeada como la anfitriona del mes.

—Encurtidos —dijo sin dudarlo Piotr.

—¿Tan fascinantes son?

—Termina de poner la mesa —le dijo Kate—. La cena ya casi está, toma.

—¿Qué? Espera —dijo el doctor Battista—. Pensaba que antes tomaríamos una copa.

—¡Una copa!

—Una copa en el salón.

—¡Sí! —exclamó Bunny—. ¿Puedo tomar una copa, papi? ¿Solo una copita pequeñita de vino?

—No —respondió Kate—. Tu desarrollo cerebral ya está demasiado perjudicado.

Piotr soltó una de sus risotadas.

—Papi, ¿has oído lo que me ha dicho? —dijo Bunny.

—Lo decía en serio —respondió Kate—. No podemos permitirnos más profesores particulares. Además, papá, estoy muerta de hambre. Has llegado incluso más tarde de lo normal.

—Bueno, bueno —se disculpó el hombre—. Lo siento, Pioter. Supongo que la cocinera manda.

—Da igual —dijo Piotr.

Fue una suerte, porque que Kate supiera la única bebida alcohólica que había en la casa era una botella de chianti que llevaba abierta desde la Nochevieja pasada.

Llevó el puré de carne al comedor y lo puso encima del salvamanteles. Mientras tanto, Bunny preparó una silla para Piotr al lado de la suya; todos tuvieron que apiñarse en un extremo por culpa de los papeles de Hacienda.

—¿Y la gente, Pioter? —preguntó en cuanto él se sentó. (La joven era incansable)—. ¿No echas de menos a nadie?

—No tengo a nadie —dijo.

—¿A nadie?

—Crecí en un orfanato.

—¡Dios! ¡Nunca había conocido a nadie criado en un orfanato!

—Has olvidado ponerle agua a Piotr —dijo Kate. Estaba sirviendo montañas de puré de carne y pasando los platos y retirando los vacíos.

Bunny empujó la silla e hizo ademán de levantarse, pero Piotr levantó la mano y volvió a decir:

—Da igual.

—Pioter cree que el agua disuelve las enzimas —comentó el doctor Battista.

—¿Qué? —dijo Bunny.

—Sobre todo agua con hielo —dijo Piotr—. Congela enzimas en mitad de conductos.

—¿Habíais oído alguna vez esta teoría? —les preguntó el doctor Battista a sus hijas. Parecía encantado.

Kate pensó que era una pena que no pudiese casarse él con Piotr, ya que estaba tan decidido a cambiar su estatus. Parecían hechos el uno para el otro.

Los martes, Kate variaba el menú añadiendo unas tortillas de maíz y un bote de salsa para que pudieran hacerse burritos de puré de carne. No obstante, Piotr no hizo ni caso de las tortillas. Se echó un montón de salsa en el plato y excavó en ella con la cuchara, asintiendo muy serio mientras escuchaba las palabras del doctor Battista sobre por qué los desórdenes autoinmunes afectaban más a los hombres que a las mujeres. Kate estuvo empujando la comida en el plato; no estaba tan hambrienta como pensaba. Y Bunny, al otro lado de la mesa, no parecía muy entusiasmada con su tofu. Cortó un pedacito con el tenedor y probó el sabor, mordisqueándolo solo con los dientes de delante. Sus verduras —dos pálidos pedazos de apio— seguían sin tocar. Kate predijo que su fase de no comer carne duraría unos tres días.

El doctor Battista le estaba diciendo a Piotr que a veces le daba la impresión de que las mujeres tenían la piel… más fina que los hombres, pero dejó de hablar de pronto y miró el plato de Bunny.

—¿Qué es eso? —preguntó.

—¿Es tofu?

—¡Tofu!

—¿He dejado de comer carne?

—¿Te parece sensato? —preguntó su padre.

—Es absurdo —apostilló Piotr.

—¿Lo ves? —le dijo Kate a Bunny.

—¿De dónde sacará vitamina B doce? —le preguntó Piotr al doctor Battista.

—Supongo que de los cereales para el desayuno. —El doctor Battista se quedó pensando—. Siempre que estén enriquecidos, claro.

—Sigue siendo absurdo —insistió Piotr—. ¡Es muy estadounidense eso de privarse de comida! En otros países, cuando quieren estar sanos, añaden más comida. Los estadounidenses la quitan.

—¿Y qué tal, no sé, el atún en lata? —dijo Bunny—. No tiene cara *per se*. ¿Podría conseguir la B doce del atún en lata?

Kate se sorprendió tanto de que Bunny hubiese soltado aquel «per se» que tardó un momento en reparar en que su padre estaba reaccionando de manera exagerada a la propuesta del atún. Se sujetó la cabeza entre las manos y la movió a uno y otro lado.

—¡No, no, no, no, no! —gimió. Todos lo miraron. Él alzó la cabeza y dijo—: Mercurio.

—¡Ah! —dijo Piotr.

—Bueno, me da igual —dijo Bunny—; me niego a comer animalitos a los que encierran toda la vida en jaulas y no dejan poner la pezuña en el suelo.

—Lo que dices no viene a cuento —replicó Kate—. ¡Eso se lo hacen a las terneras! Y yo nunca le pongo ternera al puré de carne.

—Vaca, ternera, lanudos corderitos… —insistió Bunny—. No quiero comerlos. Es perverso. Dime Pioter —dijo volviéndose hacia él—. ¿Cómo puedes dormir por las noches haciendo sufrir a esos pobres ratoncitos?

—¿Ratoncitos?

—O a los animales a los que estés torturando en ese laboratorio.

—¡Oh, Bun-Buns! —exclamó apenado el doctor Battista.

—No torturo ratones —repuso con dignidad Piotr—. Llevan muy buena vida en laboratorio de tu padre. ¡Distracciones! ¡Compañía! Algunos tienen nombre. Viven mejor que al aire libre.

—Excepto que les clavas agujas —objetó Bunny.

—Sí, pero…

—Y las agujas hacen que enfermen.

—No, en estos momentos no enferman, y eso es interesante, verás, porque...

Sonó el teléfono.

—¡Ya lo cojo yo! —exclamó Bunny.

Empujó la silla hacia atrás, se puso en pie de un salto, corrió a la cocina y dejó a Piotr con la palabra en la boca.

—¿Hola? —dijo Bunny—. ¡Ah! ¿Qué tal estás?

Kate supo que estaba hablando con un chico por su tono frívolo y entrecortado. Sorprendentemente, su padre pareció intuirlo también. Frunció el ceño y dijo:

—¿Quién es? —Luego se volvió y gritó—: ¿Bunny? ¿Quién es?

Bunny no le hizo ni caso. «¡Ah! —la oyeron decir—, ¡qué mono! ¡Eres una monada por decirlo!»

—¿Con quién habla? —le preguntó a Kate el doctor Battista. Kate se encogió de hombros—. Ya me parece mal que reciba esos... mensajes de texto mientras comemos —dijo su padre—. ¿Y ahora la llaman por teléfono?

—A mí no me mires —respondió Kate. A Kate se le habrían atragantado las palabras si hubiese hablado así por teléfono. Habría perdido todo el respeto que sentía por sí misma. Intentó imaginárselo por un momento: recibir una llamada de, tal vez Adam Barnes, y decirle que era muy mono por decir lo que quiera que le hubiese dicho. Solo de pensarlo se le curvaron los dedos de los pies—. ¿Has hablado con ella de lo del hijo de los Mintz? —le preguntó a su padre.

—¿Qué hijo de los Mintz?

—Su profesor particular, papá.

—Ah. Aún no.

Ella soltó un suspiro y le sirvió a Piotr otra cucharada de puré de carne.

Piotr y el doctor Battista se pusieron a hablar de proliferación linfática. Bunny volvió del teléfono, se sentó entre ellos haciendo mohínes y se puso a cortar el bloque de tofu en cubos infinitesimales. (No estaba acostumbrada a no ser el centro de atención.) Cuando terminaron de comer, Kate se levantó y fue a la cocina a buscar las barritas de chocolate, pero no se molestó en cambiar los platos, así que todos dejaron el envoltorio encima de los restos de comida.

Kate dio un bocado y torció el gesto; un noventa por ciento de cacao era un treinta por ciento más de la cuenta, decidió. Piotr pareció divertido.

—En mi país hay proverbio —dijo—: «Si la medicina no es amarga, no curará».

—No estoy acostumbrada a esperar que el postre me cure de nada.

—Pues a mí me parece que tiene un sabor estupendo —dijo el doctor Battista.

Probablemente no se diese cuenta de que sus labios estaban curvados por las comisuras como el dibujo de la clase 4 de una cara enfadada. Bunny tampoco parecía muy contenta con el chocolate, pero luego se levantó de un salto, corrió a la cocina y volvió con un tarro de miel.

—Ponle un poco de esto encima —le dijo a Kate.

Kate lo apartó con un gesto y alargó el brazo para coger la manzana que había al lado del plato.

—¿Papi? Ponle un poco de esto encima.

—Vaya, gracias, Bunnikins —dijo su padre. Metió la esquina de la barrita de chocolate en el tarro—. Miel de Bunny. —Kate puso los ojos en blanco—. La miel es uno de mis nutracéuticos preferidos —le dijo su padre a Piotr.

Bunny le ofreció el tarro a Piotr.

—¿Pioter? —preguntó.

—No, gracias.

Por alguna razón, estaba mirando a Kate. Siempre dejaba los párpados medio entornados, como si estuviera llegando a alguna conclusión personal mientras la observaba.

Se oyó un ruidoso chasquido. Kate se sobresaltó y se volvió hacia su padre, que estaba apuntándola con el teléfono móvil.

—Creo que ya le voy cogiendo el tranquillo —dijo.

—Pues déjalo.

—Solo quería practicar.

—Hazme una a mí —rogó Bunny. Dejó la barrita de chocolate y se secó la boca a toda prisa con la servilleta—. Hazme una y envíamela al teléfono.

—Aún no sé cómo se hace —dijo su padre. Pero tomó la fotografía de todos modos. Luego dijo—: Pioter, has quedado detrás de Bunny. Siéntate con Kate y os sacaré una a los dos.

Piotr cambió enseguida de sitio, pero Kate dijo:

—¿Qué mosca te ha picado, papá? Hace un año y medio que tienes el teléfono y hasta ahora ni lo habías mirado.

—Es hora de que me incorpore al mundo moderno —dijo. Y volvió a llevarse el teléfono al ojo como si fuese una Kodak.

Kate empujó la silla hacia atrás y se puso en pie, para no salir en la fotografía, volvió a oírse el chasquido y su padre bajó el teléfono para comprobar los resultados.

—Te ayudaré a lavar los platos —le dijo Piotr a Kate, poniéndose también en pie.

—No hace falta; es tarea de Bunny.

—¡Oh!, ¿por qué no los fregáis Pioter y tú esta noche? —preguntó el doctor Battista—, seguro que Bunny tiene deberes.

—No, no tengo —dijo Bunny.

Bunny casi nunca tenía deberes. Era muy raro.

—De todos modos tenemos que hablar de tu profesor particular de matemáticas —dijo el doctor Battista.

—¿Qué le pasa a mi profesor?

—Del profesor de español —le corrigió Kate.

—Tenemos que hablar de tu profesor particular de español. Ven conmigo —dijo, poniéndose en pie.

—No sé por qué tenemos que hablar de él —le dijo Bunny a su padre, pero se levantó y lo siguió fuera del comedor.

Piotr ya estaba apilando los platos.

—De verdad, Piotr, ya me apaño sola. Gracias de todos modos —dijo Kate.

—Lo dices porque soy extranjero —respondió él—, pero sé que hombres estadounidenses lavan platos.

—En esta casa no. De hecho, nadie los lava. Los metemos en el lavavajillas y lo ponemos en marcha cuando está lleno. Sacamos unos pocos para la comida siguiente y luego volvemos a meterlos y lo ponemos en marcha cuando vuelve a llenarse.

Él se quedó pensando.

—Eso significa que algunos platos se lavan dos veces —dijo—, aunque no los hayáis usado.

—Dos veces o media docena; eso es.

—Y en ocasiones es posible que utilicéis platos sucios por accidente.

—Solo si alguien ha rebañado muy bien la salsa. —Se rió ella—. Es un sistema. El sistema de mi padre.

—Ah, sí —dijo—. Un sistema.

Abrió el grifo del fregadero y empezó a aclarar los platos. El sistema de su padre no incluía el preaclarado. Sus instrucciones eran volver a lavar cualquier plato que quedara sucio. Además, incluso sin la segunda pasada, sabrían que al menos había sido esterilizado. Pero intuyó que Piotr no estaba de acuerdo y no intentó detenerlo.

Había abierto el grifo del agua caliente, lo cual era malísimo para el medio ambiente y habría enfadado mucho a su padre.

—¿No tenéis asistenta? —preguntó Piotr al cabo de un momento.

—Ya no —dijo Kate. Estaba volviendo a guardar el puré de carne en la nevera—. Por eso tenemos los sistemas de mi padre.

—Tu madre falleció.

—Murió —dijo Kate—. Sí.

—Te acompaño en el sentimiento —dijo. Lo dijo como si hubiese memorizado la frase palabra por palabra.

—¡Oh, no te preocupes —dijo Kate—. No la conocí muy bien.

—¿Por qué no la conociste?

—Justo después de nacer yo sufrió una especie de depresión. —Kate estaba en el comedor limpiando la mesa. Volvió a la cocina y dijo—: Me vio y se sumió en la desesperación —se rió.

Piotr no se rió. Ella recordó que se había criado en un orfanato.

—Supongo que tú tampoco conociste a tu madre —dijo.

—No —respondió. Estaba metiendo los platos en el lavavajillas. Parecían ya lo bastante limpios para comer en ellos—. Me encontraron.

—¿Eres un expósito?

—Sí, me encontraron en porche. En caja de melocotones en almíbar. La nota solo decía: «Tiene dos días».

Cuando hablaba del trabajo con su padre parecía casi inteligente —incluso sesudo— pero en asuntos menos científicos volvía a expresarse con torpeza. Kate no podía encontrar ninguna lógica a su uso de los artículos, por ejemplo, ¿tan difíciles eran de utilizar?

Echó el trapo sobre la cesta de la despensa. (Su padre creía que había que utilizar trapos ciento por ciento de algodón y lavarlos con lejía después de cada uso. Las bayetas le producían un horror casi supersticioso.)

—Pues ya está —le dijo a Piotr—. Gracias por la ayuda. Creo que mi padre está en el salón.

Él se quedó mirándola, tal vez esperando a que lo acompañara, pero Kate se apoyó en el fregadero y se cruzó de brazos. Por fin, Piotr se volvió y salió de la cocina, y Kate fue al comedor a hacer la declaración de Hacienda.

—Ha ido bien, ¿no crees? —le preguntó su padre.

Había ido al comedor después de decirle adiós a Piotr. Kate sumó una columna antes de alzar la vista y luego preguntó:

—¿Has hablado con Bunny?

—Bunny.

—¿Has hablado con ella de lo de Edward Mintz?

—Sí.

—¿Y qué te ha dicho?

—¿De qué?

Kate suspiró.

—Intenta concentrarte —dijo—. ¿Le has preguntado por qué no buscó el profesor particular a través de la agencia? ¿Has averiguado cuánto le cobra?

—No le cobra nada.

—Pues muy mal.

—¿Por qué?

—Tiene que ser un acuerdo profesional. Tenemos que poder despedirlo si no lo hace bien.

—¿Estarías dispuesta a casarte con Pioter? —preguntó su padre.

—¿Qué?

Kate se arrellanó en el asiento y lo miró boquiabierta, con la calculadora todavía en la mano izquierda y el bolígrafo en la derecha. Tardó unos segundos en hacerse cargo de la trascendencia de la pregunta como si la hubiesen golpeado en el plexo solar.

No la repitió. Se quedó esperando confiado su respuesta, con los puños metidos en los bolsillos del guardapolvo.

—Por favor, dime que no hablas en serio —dijo ella.

—Mira, solo piénsalo, Kate —insistió él—. No tomes una decisión apresurada hasta haberlo pensado.

—Estás diciendo que quieres que me case con alguien a quien ni siquiera conozco, para que puedas conservar a tu ayudante de investigación.

—No es un ayudante cualquiera: es Pioter Cherbakov. Y lo conoces un poco. Y tienes mi palabra como garantía.

—Llevas días insinuándomelo, ¿verdad? —preguntó. Era humillante oír cómo le temblaba la voz; esperó que él no se diese cuenta—. Llevas todo este tiempo insistiendo y yo he sido tan tonta que no me he dado cuenta. Supongo que no podía creer que mi propio padre sería capaz de planear algo así.

—Vamos, Kate, estás exagerando —dijo su padre—. Tarde o temprano tendrás que casarte, ¿no? Y te propongo a alguien con un talento excepcional; no imaginas qué perdida para la humanidad sería que tuviese que abandonar mi proyecto. Además ¡me cae bien!

¡Es un buen tipo! Estoy seguro de que, cuando os conozcáis mejor, opinarás como yo.

—A Bunny nunca se lo pedirías —dijo con amargura Kate—. Tu precioso tesorito Bunny.

—Bunny todavía está en el instituto —repuso.

—Pues que lo deje, no será una gran pérdida para el mundo del saber.

—¡Kate! Eso es muy poco generoso —exclamó su padre—. Además —añadió al cabo de un instante—, Bunny tiene un montón de jóvenes pretendientes.

—Y yo no —dijo Kate.

Su padre no la contradijo. La miró en silencio, esperanzado, con los labios tan apretados que se le curvó el bigotillo negro.

Si Kate mantenía impasible la expresión, si no parpadeaba y no abría la boca ni para decir una palabra, conseguiría contener las lágrimas. Así que guardó silencio. Poco a poco, se puso en pie con cuidado de no chocar con nada, dejó la calculadora en la mesa, se volvió y salió del comedor con la barbilla erguida.

—¿Katherine? —la llamó su padre.

Kate llegó al pasillo, lo cruzó y empezó a subir las escaleras con las lágrimas corriéndole por las mejillas; al llegar al rellano, dio la vuelta al poste y se chocó con Bunny que se disponía a bajar.

—¿Hola? —dijo sobresaltada Bunny.

Kate le tiró el bolígrafo a la cara, entró dando tumbos en su cuarto y cerró de un portazo.

4

Si alguien hiere lo bastante tus sentimientos puedes sentirte físicamente herida. Lo descubrió los días siguientes. Lo había descubierto antes varias veces, pero esta fue como una nueva revelación, tan afilada como un cuchillo clavado en el pecho. Ilógica, por supuesto, ¿por qué en el pecho? El corazón no era más que una bomba glorificada, solo eso. Aun así era como si el suyo estuviese magullado, encogido e inflamado al mismo tiempo, y, si sonaba contradictorio, qué se le va a hacer.

Iba a pie a diario al trabajo sintiéndose pura y llamativamente sola. Era como si todos a los que veía por la calle tuviesen a alguien para hacerles compañía, alguien con quien reírse y en quien confiar y a quien dar un golpecito en las costillas. Todos esos grupos de chicas jóvenes que muy pronto habían entendido de qué iba la cosa. Todas esas parejas entrelazadas que se susurraban con la cabeza apoyada la una en la otra, y las vecinas que cotilleaban al lado de sus coches antes de salir al trabajo. Cotilleaban sobre maridos excéntricos, adolescentes insoportables, amigos malhadados y luego se despedían y le decían «Buenos días» a Kate, incluso las que no la conocían. Kate fingía no oírlas. Si agachaba la cabeza lo bastante, el pelo le caía hacia delante y ocultaba por completo su perfil.

El tiempo era ahora más primaveral, los narcisos empezaban a florecer y los pájaros trinaban a gusto. Si hubiese sido dueña de su tiempo, habría trabajado en el jardín. Eso siempre la calmaba. Pero no, tenía que ir a la escuela cada mañana, y forzar una sonrisa luminosa al llegar a la entrada principal donde los padres dejaban a sus hijos. Algunos de los más pequeños seguían resistiéndose a despedirse a pesar de lo avanzado que estaba el curso, se aferraban a las rodillas de sus padres y se tapaban la cara; y los padres le echaban a Kate una mirada angustiada y Kate adoptaba una expresión compasiva que no podía ser más falsa y le decía a quienquiera que fuese: «¿Quieres que te dé la mano para entrar?». Lo hacía porque la señora Darling estaba en la puerta, esperando a que le diese una excusa para despedirla. Aunque ¿qué más daba si la despedían? ¿Qué diferencia habría?

De camino a la clase 4 saludaba solo con un movimiento de cabeza a cualquier maestra o ayudante a quien viese conversando en el pasillo. Decía hola a la señora Chauncey y guardaba sus cosas en la taquilla. En cuanto los niños entraban en la clase se apresuraban a ponerla al día de alguna noticia urgente: el nuevo truco que había aprendido su mascota, una pesadilla, un regalo de la abuela, y a menudo varios hablaban a la vez, mientras Kate se quedaba en medio, quieta como un poste, y decía: «¿De verdad? ¡Vaya! ¡Qué bien!». Le costaba un enorme esfuerzo, pero ninguno de los niños parecía notarlo.

Pasaba las clases de enseña y explica, la hora de los cuentos y la hora de actividades. Descansaba un momento en la sala de profesores, donde la señora Bower hablaba de la cirugía de cataratas o la señora Fairweather preguntaba si alguien había sufrido bursitis, y todos se paraban a saludarla y Kate murmuraba algo como «Hum» y dejaba que la cortina de pelo cayera hacia delante mientras se encaminaba hacia el baño.

La clase 4 parecía estar pasando por una época un tanto turbulenta, y todas las niñas le retiraron el saludo a Liam M.

—¿Qué les has hecho? —le preguntó Kate.

—No lo sé —respondió él.

Kate le creyó. A veces las niñas pequeñas se sumían en maquinaciones muy complicadas.

—Bueno, no te preocupes, ya se les pasará —le dijo a Liam M., y él asintió, soltó un enorme suspiro y echó los hombros atrás con valentía.

A la hora de comer se dedicaba a remover sin ganas la comida en el plato; todo olía a papel encerado. El viernes olvidó su cecina —o más bien, encontró el cajón vacío, aunque ella habría jurado que todavía le quedaba un poco— y únicamente comió un par de uvas, pero daba igual; no solo no tenía apetito, sino que se sentía hastiada, como si el corazón inflamado se le hubiese atragantado.

A la hora de la siesta se sentó detrás del escritorio de la señora Chauncey con la mirada perdida. Normalmente habría hojeado el periódico de la señora Chauncey o habría recogido alguna de las áreas de juegos más desordenadas —como el rincón Lego o la mesa de manualidades—, pero en esa ocasión se quedó mirando al vacío y se dedicó a acumular agravios contra su padre.

Debía de pensar que no valía nada; que era solo una pieza con la que negociar en su obsesiva búsqueda de un milagro científico. Bien mirado, ¿qué verdadero propósito tenía ella en la vida? Y también debía de pensar que era incapaz de encontrar un hombre que la quisiera por sí misma, así que ¿por qué no echarla en brazos de alguien que podría serle útil?

No era que Kate no hubiese tenido ningún novio. Cuando terminó el instituto, donde eran los chicos los que parecían un poco asustados de ella, había tenido muchos novios. O al menos muchas primeras citas. A veces incluso segundas. Su padre no tenía derecho a renunciar a ella así.

Además, solo tenía veintinueve años. ¡Tenía tiempo de sobra de encontrar marido! Suponiendo que quisiera uno, y no estaba tan segura.

El viernes por la tarde, en el patio, mientras daba patadas a un tapón de botella sobre la tierra endurecida, se torturó repitiéndose lo que le había dicho su padre. Había dicho que le gustaba aquel tipo. ¡Como si eso fuese razón suficiente para que su hija se casara con él! Y luego lo de que si Piotr abandonaba el proyecto sería una enorme pérdida para la humanidad. A su padre la humanidad le traía sin cuidado. Ese proyecto se había convertido en un fin en sí mismo. A todos los efectos, no tenía final. Seguía y seguía y generaba sus propias ramas, desvíos y retrocesos, y solo los demás científicos sabían en qué consistía exactamente. Hacía poco, Kate había empezado a preguntarse incluso si ellos lo sabían. Le parecía posible que sus patrocinadores hubieran olvidado su existencia, que siguieran financiándole por la fuerza de la costumbre. Hacía mucho que lo habían apartado de la docencia (no era difícil imaginar qué tipo de profesor sería) y lo habían desterrado a aquella serie de laboratorios itinerantes y cada vez más pequeños, y cuando la Johns Hopkins fundó un centro de investigación de las enfermedades autoinmunes no le invitaron a trabajar en él. O tal vez él se hubiese negado, no estaba muy segura. En cualquier caso, siguió trabajando, al parecer sin que nadie se molestase en averiguar si hacía progresos. Aunque, ¿quién sabe? Tal vez hubiese logrado notables avances. Pero en ese preciso momento a Kate no se le ocurría ni un solo resultado que pudiera justificar el sacrificio de su primogénita.

Por error le dio una patada a un terrón de hierba en vez de al tapón de la botella y un niño que esperaba su turno para subir al columpio la miró sobresaltado.

Tal vez Natalie estuviera consiguiendo ganarse el afecto de Adam. Parecía tan guapa y poética allí acuclillada para consolar a una niña que se había hecho una herida en el codo, mientras Adam, de pie a su lado, la observaba comprensivo…

—¿Por qué no la llevas adentro y le pones una tirita? —preguntó—. Yo vigilaré los balancines.

—¿No te importa? —respondió Natalie—. Muchas gracias, Adam.

Y se levantó con un elegante movimiento y acompañó a la niña al edificio. Ese día se había puesto un vestido, lo cual era raro entre las ayudantes. Le acariciaba seductoramente las pantorrillas, y a Kate le pareció que Adam la miraba un poco más de lo normal.

En cierta ocasión, hacía un par de meses, Kate había intentado llevar falda a la escuela. Aunque no es que fuese muy seductora. En realidad era una falda vaquera con remaches y una cremallera en la parte delantera, pero pensó que la haría parecer… más dulce. Las maestras más viejas se pusieron pícaras y socarronas.

—Hoy vienes muy arreglada —dijo la señora Bower.

—¿Por qué, por esto? Era lo único que no estaba en la lavadora.

Pero Adam no parecía haber reparado en su existencia. En cualquier caso, había resultado ser muy poco práctica —era difícil trepar por los toboganes con ella— y no se quitaba de la cabeza la imagen que había visto reflejada en el espejo de cuerpo entero del baño de profesoras. «Una vieja vestida de jovencita» fue la frase que acudió a su imaginación, aunque sabía que en realidad no era una vieja, aún no. Al día siguiente, la había devuelto a Levi's.

Ahora Adam se le acercó despacio y dijo:

—¿Te has fijado alguna vez en que hay días de heridas?

—¿De heridas?

—Ese crío en el codo, y esta mañana uno de mis niños se ha afilado el dedo índice con el sacapuntas…

—¡Uf! —dijo ella haciendo una mueca.

—… y justo antes de comer Tommy Bass se ha arrancado un diente de un golpe y hemos tenido que llamar a su madre para que viniese a recogerlo.

—¡Uf!, desde luego ha sido un día de heridas —reconoció Kate—. ¿Pusisteis el diente en leche?

—¿En leche?

—¿No has oído decir que si se pone el diente en una taza con leche hay una posibilidad de reimplantarlo?

—¡Dios, no! No lo sabía —respondió Adam. Solo se lo envolví en un clínex por si lo querían para el ratoncito Pérez.

—Bueno, no te preocupes; era solo un diente de leche.

—¿Dónde aprendiste ese truco? —preguntó él.

—Lo sé sin más —dijo. No sabía qué hacer con las manos, así que empezó a balancear los brazos atrás y adelante, hasta que recordó que Bunny decía que así parecía un chico. (Bunny nunca defraudaba.) Dejó de mover los brazos y metió las manos en los bolsillos de atrás—. A mí me arrancaron un diente definitivo con una pelota de béisbol cuando tenía nueve años —dijo. Luego reparó en que no sonaba muy femenino y añadió—: Pasaba al lado del campo camino de casa. Así fue como ocurrió. Pero el encargado sabía lo de poner el diente en leche.

—Pues debió de funcionar —dijo Adam, mirándola más de cerca—. Porque tienes unos dientes perfectos.

—¡Oh, qué…, eres muy amable! —respondió Kate.

Empezó a dibujar arcos en el suelo con la punta de la zapatilla. Luego Sophia pasó por encima y Adam y ella empezaron a hablar de una receta para hacer pan sin amasar.

En la hora de actividades vespertinas, la muñeca bailarina y el muñeco marinero tuvieron otra de sus discusiones. (Kate no sabía que se hubiesen reconciliado.) En esta ocasión rompieron porque el muñeco marinero había sido grosero. «Por favor, Cordelia —dijo Emma G. prestándole su voz al marinero—, te prometo que no volveré a ser grosero.» Pero la bailarina respondió: «Bueno, lo siento, pero te he dado muchas oportunidades y esta ha sido la gota que ha colmado el vaso». Luego Jameesha se cayó de un taburete y se hizo un chichón gigante en la frente, lo cual demostró la teoría de Adam sobre los días de heridas; y cuando Kate consiguió consolarla, Chloe y Emma W. empezaron a discutir a gritos.

—¡Niñas, niñas! —exclamó la señora Chauncey.

Tenía un nivel de tolerancia para las disputas más bajo que Kate.

—¡No es justo, Emma W. está acaparando todas las muñecas! —exclamó Chloe—. ¡Tiene un muñeco que bebe y hace pipí y llora y es anatómicamente perfecto, y solo me ha dejado este estúpido Pinocho viejo de madera!

La señora Chauncey se volvió hacia Kate, sin duda con la esperanza de que mediase entre las dos, pero Kate se limitó a decirles:

—Bueno, pues arreglaos vosotras. —Y salió a ver qué hacían los niños.

Uno de ellos también tenía una muñeca (vio que era un muñeco) y lo estaba arrastrando boca abajo por el suelo y diciendo:

«¡Brum, brum!», como si fuese un camión, lo cual parecía un desperdicio pues los muñecos estaban muy solicitados ese día, pero Kate no se sintió capaz de enfrentarse a él. El dolor se le había extendido desde el pecho hasta el hombro izquierdo y pensó si no estaría sufriendo un ataque al corazón. Se habría alegrado.

Al volver a casa al acabar el día recordó su conversación con Adam. Había dicho «¡Uf!» no una sino dos veces, en ese tono aniñado que tanto detestaba, y la voz le había salido más estridente de lo normal y con una inflexión aguda al final. Idiota, idiota, idiota. «Eres muy amable», había dicho. El arce enano de la señora Gordon le rozó la cara al pasar y ella lo apartó de un violento manotazo. Al pasar por delante de la casa de los Mintz vio la puerta abierta y aceleró el paso para no tener que hablar con nadie.

Bunny aún no había llegado a casa. Bien. Kate lanzó el bolso al banco del vestíbulo y fue a la cocina en busca de algo de comer. Su estómago empezaba a notar que se había saltado la comida. Cortó un pedazo de queso cheddar y estuvo dando vueltas por la cocina mientras lo masticaba, pensando en lo que tenía que comprar al día siguiente en la verdulería. Si cocinaba sin carne el puré de la semana siguiente (tal y como había decidido hacer, aunque solo fuese para poner en evidencia a Bunny) tendría que añadir algún otro ingrediente, lentejas, tal vez, o guisantes. La receta de su padre estaba calculada para que se terminara el viernes por la noche. Pero la última semana había sido una excepción porque Bunny se había hecho vegetariana y no había consumido su parte, y ni siquiera la adición de Piotr el martes, por muy voraz que hubiese sido su apetito, bastó para compensarlo. Al día siguiente les quedarían sobras, y su padre se disgustaría.

A regañadientes borró «carne para guisar» de la lista de la compra. Hacían la lista por ordenador —era obra de su padre, e incluía los productos habituales ordenados tal y como estaban en los pasillos del supermercado— y lo único que tenía que hacer era tachar cada semana lo que no necesitaban. Ese día tachó los palitos de salami que tomaba Bunny de aperitivo; dejó sin tachar «cecina» y añadió «champú», que su padre no había incluido en la lista prototípica porque era de la opinión de que una pastilla de jabón normal servía igual y era mucho más barata.

Antes, cuando todavía tenían asistenta, las cosas no estaban tan reglamentadas. Y no porque el doctor Battista no lo intentara; la despreocupada forma de ser de la señora Larkin lo sacaba de quicio. «¿Qué hay de malo en escribir lo que necesito cuando me acuerdo? —preguntaba cada vez que él insistía en lo de la lista—. No es tan difícil: zanahorias, guisantes, pollo…» (La señora Larkin hacía un pastel de pollo riquísimo.) Cuando no le oía, advertía a Kate que nunca dejase que un hombre se entrometiera en los asuntos de la casa. «No sabrá cuándo parar —decía— y acabarás perdiendo el control de tu vida.»

Uno de los pocos recuerdos que tenía Kate de su madre era una discusión que se produjo cuando su padre intentó decirle a su madre que estaba llenando mal el lavavajillas.

«Las cucharas deberían ir con el mango hacia abajo y los cuchillos y los tenedores con el mango hacia arriba —le dijo—. De ese modo, no te pincharás con los cuchillos y podrás organizar mejor los cubiertos cuando haya que vaciar el lavavajillas.»

Evidentemente, fue antes de que se le ocurriera la idea de no volver a vaciarlo. A Kate el plan le había parecido sensato, pero su madre acabó echándose a llorar y yéndose al dormitorio.

En el cuenco sobre la encimera quedaba una clementina de una caja que Kate había comprado en febrero. La peló y se la comió, aunque estaba un poco arrugada. Se apoyó en el fregadero y miró por la ventana la casita roja para pájaros que había colgado la semana anterior en el cornejo. Hasta el momento ningún pájaro se había interesado por ella. Sabía que era una tontería tomárselo como algo personal.

¿Sabía Piotr lo que tramaba su padre? Supuso que sí. (Qué mortificante.) Después de todo, tuvo que interpretar su papel cuando se encontró con ella «accidentalmente» al volver a casa y le habló de su pelo y cuando fue a cenar con ellos. Además, no parecía un hombre preocupado porque fuese a caducar su visado. Lo más probable era que hubiera dado por sentado que el plan de su padre lo salvaría.

Bueno, ahora no podía dar nada por sentado. ¡Ja! A estas alturas ya se habría enterado de que se negaba a cooperar. Le habría gustado ver su cara cuando se enteró.

No se puede engañar a Kate Battista con tanta facilidad.

Llevó una cesta de ropa sucia al piso de arriba y la llenó con la ropa de la cesta del cuarto de Bunny. Según su padre, la parte de la colada que consumía más tiempo era tener que separar la ropa de cada cual. Había decretado que cada uno tuviese su propio día de colada, y el de Bunny era el viernes. Aunque, qué casualidad, quien hacía la colada era siempre Kate.

El dormitorio de Bunny olía a fruta golpeada por culpa de los cosméticos que se amontonaban en su escritorio. Mucha de la ropa que debería estar en la cesta estaba desperdigada por el suelo, pero Kate la dejó donde estaba. Recogerla no era su trabajo.

La oscuridad polvorienta del sótano hizo que le pesaran y le dolieran las piernas. Dejó la cesta en el suelo y se quedó allí un momento con la mano en la frente. Luego se irguió y abrió la puerta de la lavadora.

Cuando llegó Bunny la encontró en el jardín. Estaba arrancando las ramas secas de la clemátide del garaje, y Bunny abrió la puerta de atrás para llamarla.

—¿Estás ahí? —Kate se volvió y se secó la frente con la manga—. ¿Qué hay de comer? —preguntó Bunny—. Me muero de hambre.

—¿Te has llevado tú la cecina que quedaba?

—¿Quién, yo? ¿No recuerdas que soy vegana?

—¿Vegana? —repitió Kate—. Un momento. ¿Te has hecho vegana?

—Vegana, vegetariana; lo que sea.

—Si ni siquiera distingues una cosa de la otra… —dijo.

—¿Está ya mi colada?

—Está en la secadora.

—No habrás metido mi blusa en la lavadora ¿verdad?

—Si estaba en la cesta, sí.

—¡Kate! ¡De verdad! Sabes que dejo aparte la ropa blanca para lavarla con las sábanas.

—Si quieres apartar algo, deberías estar aquí para asegurarte —respondió Kate.

—¡Tenía ensayo con las animadoras! ¡No puedo estar en todas partes al mismo tiempo! —Kate volvió a arrancar ramas—. Esta familia es lamentable —dijo Bunny—. Las demás personas lavan por colores. —Kate metió una rama de enredadera en la bolsa de basura—. Las demás personas no tienen toda la ropa de color grisáceo.

Kate solo llevaba ropa oscura y ropa de cuadros escoceses. No creyó que valiera la pena discutirlo.

En la cena su padre se deshizo en halagos.

—¿Has molido tu propio curry? —preguntó. (Los viernes el puré de carne se metamorfoseaba en un plato de curry)—. Tiene un sabor de lo más auténtico.

—No —respondió ella.

—A lo mejor es la cantidad que has puesto. Me encanta cómo pica.

Llevaba tres días comportándose así. Era patético.

Bunny estaba comiendo un sándwich de queso a la parrilla con acompañamiento de patatas fritas con sabor a cebolla. Decía que eran verdura. Bueno, que se muriese de escorbuto. A Kate le daba igual.

Por un rato, el único ruido que se oyó fue el crujido de las patatas y el choque de los cubiertos contra el plato. Luego el doctor Battista carraspeó.

—Vaya —empezó con delicadeza—, veo que los papeles de la declaración siguen ahí.

—Sí —dijo Kate.

—Ah, ya. Solo lo digo porque… pensaba que había un plazo.

—¿De verdad? —dijo Kate arqueando sorprendida las cejas—. ¡Un plazo! ¡Imagínate!

—Quiero decir que…, pero quizá ya lo hayas tenido en cuenta.

—¿Sabes, papá? —dijo Kate—. Creo que este año harás tú tu declaración. —Su padre se quedó boquiabierto y la miró con intensidad—. Tú harás la tuya y yo la mía —dijo Kate. La suya era sencillísima, y de hecho ya estaba hecha y entregada.

—Vaya, pero ¿por qué…?, a ti se te da muy bien, Katherine.

—Seguro que sabrás apañártelas —dijo Kate.

Se volvió hacia Bunny. Bunny le dedicó una sonrisa insípida. Luego miró a Kate al otro lado de la mesa y levantó el puño hacia el techo.

—¡Ánimo, Katherine! —exclamó.

Bueno. Eso sí que Kate no se lo esperaba.

Una madre que llevaba a un montón de niñas adolescentes que chillaban y reían y saludaban como posesas por las ventanillas abiertas recogió a Bunny. Se oía el ritmo machacón de la radio.

—¿Llevas tu teléfono? —preguntó Kate, y luego añadió más tarde de la cuenta—: ¿Dónde estarás?

—¡Adiós! —se limitó a responder Bunny, salió de la casa y se marchó.

Kate terminó de preparar la comida del día siguiente para su padre y luego apagó las luces de la cocina y el comedor. El doctor Battista leía en el salón. Estaba en su sillón de cuero debajo de un charco de luz amarillenta, y parecía inmerso en la lectura del periódico, pero cuando Kate cruzó el pasillo notó cierta rigidez en su postura, cierta conciencia. Antes de que pudiese entablar conversación, ella giró con brusquedad a la izquierda y subió las escaleras de dos en dos. Oyó crujir el cuero a sus espaldas, pero su padre no intentó detenerla.

Aunque apenas había oscurecido, se puso el pijama. (Era agotador tirar de sí misma todo el día.) Se miró en el espejo del baño después de cepillarse los dientes, y echó la cabeza hacia delante hasta apoyarla en el espejo y se miró los ojos, que desde ese ángulo tenían unas bolsas casi tan oscuras como sus iris. Luego volvió a su cuarto y se metió en la cama. Apoyó la almohada contra la cabecera, ajustó la pantalla de la lámpara, cogió el libro de la mesilla y empezó a leer.

Era un libro de Stephen Jay Gould que ya había leído. Le gustaba Stephen Jay Gould. Le gustaba el ensayo, los libros de historia natural o evolución. No le interesaban demasiado las novelas. Aunque de vez en cuando podía disfrutar con una novela de viajes en el tiempo. Siempre que tenía problemas para dormir, fantaseaba con viajar en el tiempo hasta la Era Cámbrica. La Era Cámbrica fue hace unos cuatrocientos cincuenta millones de años. Los únicos seres vivos eran invertebrados, y ninguno vivía en tierra firme.

5

En otoño Kate había plantado una mezcla de flores de azafrán primaverales debajo del ciclamor en el patio de atrás, y llevaba varias semanas esperando que germinasen, pero aún no había brotado ninguna. Era desconcertante. Lo comprobó una vez más el sábado por la mañana al volver de la verdulería; incluso hurgó con el trasplantador, pero no pudo encontrar ni un solo bulbo. ¿Sería obra de los topos, los ratones o de algún otro bicho?

Dejó de escarbar, se puso en pie y mientras se echaba el pelo hacia atrás sonó el teléfono de la cocina. Kate sabía que Bunny estaba despierta porque había oído correr el agua de la ducha, pero el teléfono sonó y sonó. Cuando llegó a la casa, había saltado el contestador: «¡Hooooola!», luego su padre dijo: «Descuelga, Kate. Soy tu padre».

A esas alturas Kate ya había visto la bolsa de comida en la encimera. No entendía cómo no se había dado cuenta antes. Se detuvo en la puerta y la contempló con el ceño fruncido.

—¿Kate? ¿Estás ahí? Me he olvidado la comida.

—Vaya, pues qué mala suerte —respondió Kate a la cocina vacía.

—¿Puedes traérmela, por favor?

Kate dio media vuelta y volvió a salir. Metió el trasplantador en el cubo del jardín y cogió el rastrillo para escardar los dientes de león.

El teléfono volvió a sonar.

Esta vez llegó a la casa antes de que se pusiera en marcha el contestador. Cogió el auricular y dijo:

—¿Cuántas veces crees que voy a picar el anzuelo, papá?

—¡Ah, Kate! Katherine. Creo que he vuelto a olvidarme la comida. —Ella guardó silencio—. ¿Estás ahí?

—Supongo que tendrás que quedarte sin comer —dijo.

—¿Disculpa? Por favor, Kate. No te pido tanto.

—En realidad me pides mucho —respondió.

—Solo necesito que me traigas la comida. No he probado bocado desde anoche.

Ella se quedó pensando. Luego dijo:

—De acuerdo. —Y colgó de golpe el auricular antes de oír su respuesta.

Salió al pasillo y gritó hacia las escaleras:

—¿Bunny?

—¿Qué? —respondió Bunny, mucho más cerca de lo que esperaba Kate.

Kate rodeó las escaleras y fue al cuarto de estar. Bunny y Edward Mintz estaban sentados muy juntos en el sofá. Bunny tenía un libro abierto en el regazo.

—¿Qué hay, Kate? —la saludó con entusiasmo Edward. Llevaba unos tejanos tan andrajosos que se le veían las rodillas peludas.

Kate no le hizo ni caso.

—Papá necesita que le lleves la comida —le dijo a Bunny.

—¿Adónde?

—¿Adónde crees? ¿Por qué no has respondido al teléfono?

—¿Porque estaba en clase de español? —respondió indignada Bunny extendiendo las palmas de las manos para señalar al libro.

—Pues haz una pausa y ve corriendo al laboratorio.

—¿Tu padre va al laboratorio los sábados? —le preguntó Edward a Bunny.

—¿Siempre está en el laboratorio? —respondió Bunny—. ¿Trabaja siete días a la semana?

—¿Qué? ¿Los domingos también?

—No sé por qué no puedes ir tú —le dijo Bunny a Kate levantando la voz por encima de las palabras de Edward.

—Estoy ocupada en el jardín —replicó Kate.

—Yo te llevo —le dijo Edward a Bunny—. ¿Dónde está exactamente el laboratorio?

—Lo siento. Bunny no puede ir sola en coche con chicos —dijo Kate.

—¡Edward no es un chico! —protestó Bunny—. ¿Es mi profesor?

—Conoces las normas de papá. Lo tienes prohibido hasta que cumplas los dieciséis.

—Pero soy un conductor responsable —objetó Edward.

—Lo siento, son las normas.

Bunny cerró ruidosamente el libro y lo tiró al sofá.

—Hay un montón de chicas en mi colegio más jóvenes que yo que todas las noches van solas en coche con chicos —dijo.

—Díselo a papá; las normas no las pongo yo —insistió Kate.

—¿Para qué? Eres clavada a él: sois tal para cual.

—¿Que soy qué? ¡Retíralo ahora mismo! —dijo Kate—. ¡No me parezco en nada a él!

—¡Vaya, lo siento, me habré equivocado! —dijo Bunny con una dulce y luminosa sonrisa asomando a las comisuras de los labios. (La misma sonrisa que recordaba Kate en todas las niñas malas un año antes de entrar en el instituto.) Se puso de pie y dijo—: Vamos, Edward.

Él también se puso en pie y la siguió.

—Soy la única persona normal de esta familia —le dijo.

Kate los siguió por el pasillo. Al llegar a la puerta de la cocina tuvo que apartarse porque Bunny salía balanceando con fuerza la bolsa de la comida.

—Los demás están locos —le estaba diciendo a Edward. Él la siguió hasta la puerta como un perrillo faldero.

Kate abrió la nevera y sacó un sándwich de rosbif que había comprado esa mañana en la tienda. Ya empezaba a notar la falta de carne, y eso que aún no había preparado el puré de carne vegetariano.

Mientras desenvolvía el sándwich, se asomó a la ventana y vio la furgoneta de los Mintz saliendo del garaje. Bunny iba en el asiento del acompañante, con la cabeza tan alta como una reina y la vista al frente.

Bueno, que hiciera lo que quisiese. Si su padre daba tanta importancia a sus famosas normas, debería estar en casa para asegurarse de que las aplicaban.

—No recuerdo que me prohibieras ir en coche con chicos —le había dicho Kate cuando anunció esa norma concreta.

—No recuerdo que ningún chico te lo pidiera —respondió su padre.

Kate se permitía una pequeña fantasía: un día Bunny envejecería, y lo haría de ese modo tan frecuente entre las rubias. Su cabello se volvería pajizo, su rostro se arrugaría como una manzana y sería más colorado que sus labios. Se convertiría en una decepción y su padre confiaría en Kate.

Detrás del patio había un banco de cemento jaspeado, verdoso y lleno de agujeros. Nadie se sentaba nunca en él, pero ese día, en vez de comer en la cocina, Kate decidió llevarse allí su sándwich. Se instaló en un extremo, dejó el plato a un lado e inclinó la cabeza para contemplar el árbol que había arriba. Un petirrojo parecía haber enloquecido en una de las ramas inferiores, daba saltitos y emitía agitados sonidos «chink-chink». Tal vez tuviese el nido allí arriba, aunque ella no lo vio. Y en el gigantesco roble al otro lado de la calle, otros dos pájaros, invisibles, parecían mantener una conversación. «¿Dewey? ¿Dewey? ¿Dewey?», decía uno, y el otro respondía: «¡Hugh! ¡Hugh! ¡Hugh!». Kate no supo interpretar si el segundo pájaro estaba saludando o regañando al primero.

Cuando terminase con lo que estaba haciendo en el jardín, metería los ingredientes del puré en la olla a presión, luego cambiaría las sábanas y pondría otra lavadora.

Y luego ¿qué?

Ya no tenía amigos. Todos habían seguido adelante con sus vidas. Se habían graduado en la universidad, encontrado trabajo en ciudades lejanas e incluso algunos se habían casado. En Navidad tal vez volviesen de visita a Baltimore, pero la mayoría habían dejado de llamarla. ¿De qué iban a hablar? Ya solo recibía mensajes de texto cuando castigaban a Bunny en el colegio y tenía que ir a recogerla.

Dewey y Hugh se callaron, y el petirrojo voló. Kate fingió que el petirrojo había decidido que era de fiar. Dio un mordisco al sándwich y observó con atención una mata de jacintos cercana para demostrarle que no tenía ningún interés en quitarle su estúpido nido.

Las hileras de flores blancas rizadas le recordaron el papel de envolver las chuletas de cordero.

—¿Jola?

Dejó de masticar.

Piotr apareció en la puerta y empezó a bajar los escalones. Llevaba puesta la bata de laboratorio, que aleteaba sobre la camiseta mientras se dirigía hacia ella por el césped.

Kate no daba crédito a lo que veía. Se negaba a creer que tuviese tanta desfachatez.

—¿Cómo has entrado? —le preguntó en cuanto estuvo lo bastante cerca.

—La puerta principal estaba abierta de par en par —respondió.

Maldita Bunny.

Se detuvo y se quedó mirándola. Al menos tuvo la elegancia de no intentar darle conversación.

Kate no podía concebir razón alguna que justificase su presencia allí. Sin duda, debía haber comprendido que no quería saber nada de él, aun cuando por alguna razón su padre no se lo hubiese dicho. Y tuvo la sensación de que sí se lo había dicho. Las otras veces que había visto a Piotr, se había presentado (le pareció al recordarlo) con un saltito y un aire de «¡Aquí estoy!», pero ese día estaba solemne, contrito y con un porte casi militar.

—¿Qué quieres? —preguntó.

—He venido a ofrecer disculpa.

—¡Ah!

—Me temo que doctor Battista y yo te hemos ofendido.

Se sintió agradecida y al mismo tiempo humillada al saber que lo había entendido.

—Fuimos inconsiderados al pedirte que engañaras a tu gobierno

—dijo—. Creo que los norteamericanos se sienten culpables por esas cosas.

—No fue solo inconsiderado —dijo ella—. Fue egoísta, insultante y… despreciable.

—¡Ajá! Una fiera.

—¿Dónde? —preguntó ella y se volvió para mirar los arbustos a su espalda.

Él se rió.

—Muy cómico —le dijo.

—¿Qué? —Ella se volvió y lo encontró sonriente y balanceándose con las manos en los bolsillos. Por lo visto, imaginaba que volvían a llevarse bien. Kate cogió el sándwich, dio un enorme y desafiante bocado y empezó a masticar. Él siguió sonriéndole. Era como si tuviese todo el tiempo del mundo—. ¿Sabes que podrían haberte detenido? —le dijo después de tragar—. Es un delito casarse con alguien para conseguir la tarjeta de residencia. —No parecía muy preocupado—. Pero acepto tus disculpas —dijo—. En fin, ya nos veremos.

Aunque no tenía la menor intención de volver a verlo.

Él soltó un largo suspiro, sacó las manos de los bolsillos y se sentó a su lado en el banco. Fue algo inesperado. Kate temió por la seguridad del plato que había quedado entre los dos, pero si lo cogía podría animarse a acercarse más. Lo dejó donde estaba.

—Qué idea tan tonta, de todos modos —dijo como si hablase con la hierba del jardín—. Es evidente que podrías escoger al marido que quisieras. Eres chica muy independiente.

—Mujer.

—Eres mujer muy independiente y tienes pelo que no va a la peluquería y pareces bailarina.

—No te pases —dijo Kate.

—Pareces bailarina flamingo —insistió él.

—¡Ah! —exclamó ella—. De flamenco. —Dando patadas en el suelo. Tenía sentido—. Muy bien, Piotr —dijo—. Gracias por venir.

—Eres única persona que conozco que pronuncia bien mi nombre —observó apesadumbrado.

Ella dio otro mordisco al sándwich y lo masticó mientras contemplaba la hierba igual que él. Pero no pudo evitar una leve punzada compasiva.

—¡Y doctor Battista! —dijo él volviéndose de pronto—. ¿Por qué llamas «papá» a doctor Battista y tu hermana lo llama «papi»?

—Nos pidió que le llamásemos «papá» —respondió—. Pero ya conoces a nuestra Bunnikins.

—¡Ah! —dijo.

—Ya que hablamos de eso —continuó Kate—, ¿por qué le llamas «doctor Battista» cuando él te llama «Piotr»?

—No podría llamarle «Louis» —dijo Piotr con voz sorprendida. (Hizo que sonara «Loowis»)—. Es hombre demasiado ilustre.

—¿Ah, sí?

—En mi país lo es. Había oído hablar mucho de él. Cuando anuncié que me marchaba para ayudarle, se organizó un gran revuelo en mi instituto.

—Claro —dijo Kate.

—¿No conocías su reputación? ¡Ja! Es como un proverbio que tenemos: «Hombre que es respetado en el resto del mundo no es…».

—Ya lo he entendido —le interrumpió Kate apresuradamente.

—Es verdad que a veces es oligarca, pero he visto a otros hombres de su importancia portarse mucho peor. ¡Y nunca grita! Ya ves cómo tolera a tu hermana.

—¿Mi hermana?

—Tiene la cabeza hueca, ¿si? Tú sabes.

—Llena de pájaros —dijo Kate—. Desde luego.

Se sintió más liviana de pronto. Empezó a sonreír.

—Se carda el pelo y echa miraditas y ha abandonado las proteínas animales. Y él no se lo reprocha. Es muy amable por su parte.

—No creo que esté siendo amable —objetó Kate—. Está siendo predecible. Es lo que pasa siempre: los científicos chiflados babean por las rubias tontas, cuanto más estúpidas mejor. Es casi un lugar común. Y, como es lógico, las rubias se vuelven locas por ellos; igual que muchas mujeres. ¡Tendrías que ver a mi padre en la fiesta de Navidad en casa de mi tía Thelma! Todas las mujeres se arremolinan en torno a él porque creen que es incomprensible, inalcanzable y misterioso. Creen que son ellas quienes acabarán descifrando el código. —Resultaba liberador hablar con un hombre que no dominaba el inglés. Podía decirle cualquier cosa sin que se enterase de la mitad, sobre todo si hablaba lo bastante deprisa—. No sé por qué Bunny se volvió así —continuó—. Cuando nació, pensé que era mía; yo tenía esa edad en la que a los niños les gusta cuidar de los bebés. Y de pequeña quería ser como yo: intentaba actuar y hablar como yo, y yo era la única que sabía consolarla cuando lloraba. Pero cuando llegó a la adolescencia fue como si, no sé, me dejase atrás. Se convirtió en una persona totalmente distinta, una persona sociable, no sé; sociable y extrovertida. Y, en cierto modo, me convirtió en una solterona quejosa y viperina cuando apenas he cumplido los veintinueve. ¡No sé cómo ocurrió!

—No todos los científicos —objetó Piotr.

—¿Qué?

—No todos los científicos las prefieren rubias —dijo y le echó de pronto una mirada por debajo de los párpados caídos. Estaba claro que no se había enterado de lo que le había dicho. Tuvo la sensación de haberse salido con la suya.

—Oye —dijo—. ¿Quieres la otra mitad de mi sándwich?

—Gracias —respondió Piotr. Lo cogió sin dudarlo y dio un mordisco. Cuando masticaba se le formaba una especie de nudo en el ángulo de la mandíbula—. Creo que te llamaré Katia —dijo con la boca llena.

Kate no quería que la llamasen «Katia», pero, como no iba a verlo más, ni siquiera se molestó en decírselo.

—Sí, bueno, como quieras —respondió con despreocupación.

—¿Por qué los estadounidenses siempre empiezan pulgada a pulgada lo que dicen? —preguntó él.

—¿Cómo?

—Siempre empiezan las frases con «Ah…» o «Sí…» o «Ejem…» o «Bueno…». Empiezan con «Así que…» cuando no han citado antes ninguna causa que lleve a ninguna conclusión, y con «Quiero decir que…» cuando antes no han dicho nada cuyo significado haya que aclarar. ¡Lo dicen sin venir a cuento! Empiezan «Quiero decir que…». ¿Por qué?

—Ah, bueno, ejem… —dijo en voz baja y lenta. Por un segundo él no se dio cuenta, pero luego soltó una risotada como un ladrido. Kate nunca le había oído reír. Sonrió a pesar de sí misma.

—¿Y por qué vosotros sois tan bruscos? ¡Soltáis las frases sin más! «Esto y esto» empezáis. «Eso y aquello», tenéis tanta sutileza como un martillo pilón. Tan claros, tan declarativos. Todo lo que decís suena como un… edicto gubernamental.

—Entiendo —dijo Piotr. Luego, como corrigiéndose, dijo—: ¡Ah, ya entiendo!

Ahora también ella se rió un poco. Dio otro mordisco al sándwich y él también mordió el suyo. Al cabo de un minuto, dijo:

—¿Sabes?, a veces creo que a los extranjeros les gusta hablar con acento. Escucha a un extranjero cantar una canción pop estadounidense, por ejemplo, o contar una anécdota en la que tenga que poner acento sureño o voz de vaquero. ¡Le sale perfectamente, sin rastro de acento! Sabe imitarnos a la perfección. Ahí se nota que, en realidad, no quiere hablar como nosotros. Se enorgullece de tener acento.

—Yo no me enorgullezco —dijo Piotr—. Me gustaría no tener acento.

Estaba mirando su sándwich mientras hablaba…, lo sujetaba con las manos y miraba hacia abajo con los párpados velándole los ojos para que ella no supiera lo que pensaba. De pronto Kate cayó en que pensaba, en que, mientras su parte exterior equivocaba los sonidos y se comía las consonantes, en su interior estaba formulando pensamientos tan complejos y alambicados como los suyos.

Bueno, muy bien, era un hecho evidente. Pero aun así, en cierto modo, fue una sorpresa. Notó que en su mente se producía una especie de cambio…, un pequeño ajuste de visión.

Dejó la corteza del sándwich en el plato y se limpió las manos en los tejanos.

—¿Qué harás ahora? —le preguntó.

Él alzó la vista.

—¿Hacer? —dijo.

—Con lo del visado.

—No lo sé —respondió.

—Siento no poder ayudarte.

—No pasa nada —le dijo—. Lo digo con sinceridad. Eres muy amable por consolarme, pero creo que las cosas se arreglarán.

Ella no entendía cómo, pero decidió practicar la contención y no decírselo.

Piotr terminó su mitad del sándwich con corteza y todo y se sacudió las manos. No obstante, no hizo ademán de marcharse.

—Tienes jardín muy bonito —dijo, mirando a su alrededor.

—Gracias.

—¿Te gusta jardinería?

—Sí.

—A mí también —dijo él.

—Incluso pensé en ser, en fin, botánica o algo así, antes de dejar la facultad.

—¿Por qué dejaste facultad?

Pero ya era suficiente. Kate comprendió que él debía de pensar que estaba ablandándose; se aprovecharía. Se puso en pie sin más y dijo:

—Te acompaño al coche.

Él se puso también en pie, sorprendido.

—No hace falta —dijo.

No obstante ella echó a andar hacia la parte delantera del jardín como si no le hubiese oído y al cabo de un momento él la siguió.

Al dar la vuelta a la casa, la furgoneta de los Mintz se detuvo en el camino de acceso y Bunny saludó con la mano desde la ventanilla del acompañante. No parecía muy preocupada porque Kate la hubiese sorprendido en el coche con Edward.

—¡Hola otra vez, Pioter! —gritó.

Piotr alzó el brazo en dirección a ella sin responder, y Kate dio media vuelta y volvió a sus quehaceres en el jardín. Reparó en que hacía un día precioso. Seguía enfadadísima con su padre, pero se consoló un poco pensando que al menos el hombre al que había querido entregarla no era un completo sinvergüenza.

6

—¡Katherine, cariño! —dijo su padre—. ¡Mi querida, Kate! ¡La niña de mis ojos!

Kate alzó la vista del libro.

—¿Qué? —preguntó.

—Me siento como si me hubiese quitado un peso de encima —dijo él—. Celebrémoslo. ¿Dónde está Bunny? ¿Todavía tenemos esa botella de vino por ahí?

—Bunny se queda a dormir en casa de una amiga —dijo Kate. Dobló la esquina de la página y dejó el libro a un lado en el sofá—. ¿Qué hay que celebrar?

—¡Ja! Como si no lo supieras. Ven conmigo a la cocina.

Kate se puso en pie. Empezaba a sentirse intranquila.

—Piotr es muy reservado, ¿eh? —dijo su padre de camino a la cocina—. Se escabulló del laboratorio sin decir nada en cuanto llegaron Bunny y su profesor. Yo no sabía que había venido a verte hasta que me contó la noticia.

—¿Qué noticia? —Su padre no respondió, abrió la nevera y se agachó para rebuscar en el fondo—. ¿De qué noticia hablas? —repitió Kate.

—¡Ajá! —exclamó él. Se puso en pie y se volvió hacia ella con una botella de chianti a la que habían vuelto a ponerle el corcho.

—Esa botella tiene varios meses, papá.

—Sí, pero ha estado todo el tiempo en la nevera. Ya conoces mi sistema. Pásame unas copas.

Kate alargó el brazo hasta el último estante del armario de la porcelana.

—Dime por qué vamos a brindar —dijo mientras le alcanzaba dos copas de vino polvorientas.

—Pues porque Pioter dice que ahora te gusta.

—¿Ah, sí?

—Dice que los dos estuvisteis sentados en el jardín, que le diste una comida deliciosa y que tuvisteis una conversación muy agradable.

—Bueno, en cierto sentido podría decirse que es más o menos lo que pasó —admitió Kate—. ¿Y qué?

—¡Pues que tiene esperanzas! ¡Cree que todo saldrá bien!

—¿Eso cree? ¡Que le zurzan! ¡Está chiflado!

—Vamos, vamos —dijo su padre muy animado. Sirvió el vino en las copas y se atusó el bigote al dar un paso atrás para comprobar lo llenas que estaban—. Cinco onzas —dijo para sus adentros. Le pasó una copa—. Dieciséis segundos, por favor.

Ella cerró la puerta del microondas y apretó los botones necesarios.

—Lo único que demuestra —dijo— es que no se puede ser educada con la gente. Se presenta en casa sin avisar, entra sin que lo inviten, aunque hay que reconocer que la puerta estaba abierta, lo cual, si se me permite añadirlo, es típico de Bunny, nos podrían haber robado y a ella le habría traído sin cuidado, pero incluso así fue una grosería por su parte. Interrumpe mi almuerzo, se zampa la mitad de mi sándwich de rosbif, que admito que le ofrecí, pero él podría haber rechazado, solo un extranjero se habría abalanzado así sobre él…

—¿No vas a sacarlo? —preguntó su padre. Se refería a que hacía un rato que había sonado el microondas. Se lo indicó con un movimiento de la barbilla.

—… y luego ¡mira cómo tergiversa las cosas! —dijo Kate sustituyendo la primera copa por la segunda. Volvió a apretar los botones—. ¿Qué quería que hiciese? ¿Quedarme sentada en silencio absoluto? Como es lógico, le di un mínimo de conversación. ¡Y ahora tiene la desvergüenza de decir que me gusta!

—Pero es agradable ¿no? —preguntó su padre.

—No es cuestión de si es agradable o no —respondió ella—. Me pides que me case con él.

—¡No, no, no! Enseguida no —dijo su padre—. No nos precipitemos. Lo único que te pido es que te lo pienses antes de tomar una decisión. Medita un poco mi plan. No demasiado, claro, porque ya estamos en abril. Pero…

—Papá… —empezó muy seria Kate.

—¿El vino? —le recordó él con otro movimiento de cabeza.

Kate sacó la segunda copa del microondas y su padre levantó la suya.

—¡Un brindis! —propuso—. Por…

Ella intuyó que iba a decir «Pioter y tú», pero en vez de eso dijo: «la amplitud de miras».

Dio un sorbo. Kate no. Dejó la copa en la encimera.

—Delicioso —dijo él—. Debería compartir mi sistema con *Wine Enthusiast Magazine*.

Dio otro trago más largo. Ahora que había mejorado el tiempo ya no llevaba la camiseta interior de manga larga que había usado todo el invierno. Se había arremangado el guardapolvo y mostraba los antebrazos desnudos, que eran finos, peludos y extrañamente frágiles. Kate sintió una inesperada punzada de lástima por él, que superó incluso su exasperación. Parecía tan inepto, tan mal adaptado al mundo que le rodeaba…

Casi con amabilidad le dijo:

—Papá. Acéptalo. Nunca aceptaré casarme con alguien de quien no esté enamorada.

—En otras culturas —dijo él— los matrimonios concertados son…

—No estamos en otra cultura, y esto no es un matrimonio concertado. Es tráfico de personas.

—¿Qué?

Parecía horrorizado.

—¿Acaso no lo es? Intentas venderme contra mi voluntad. Me mandas a vivir con un desconocido, a dormir con un desconocido, solo por tu propio beneficio. ¿Qué es eso si no tráfico?

—¡Cielos! —exclamó él—. Katherine, por Dios, no se me ocurriría pedirte que durmieses con él.

—¿Ah, no?

—¡Ahora entiendo tu negativa!

—Entonces, ¿qué querías pedirme? —preguntó ella.

—No sé, solo pensé que…, ¡por Dios! Eso no es necesario —dijo. Echó otro trago de vino. Carraspeó—. Lo único que quería es que siguiésemos más o menos como antes, aunque Pioter tendría que mudarse con nosotros. Supongo que eso es inevitable. Pero lo habríamos instalado en la antigua habitación de la señora Larkin y tú te habrías quedado en la tuya. Pensé que lo sabías. ¡Dios mío!

—¿Y no se te ocurrió que a los de Inmigración podría parecerles sospechoso? —le preguntó Kate.

—¿Y por qué? Muchas parejas duermen en habitaciones separadas. En Inmigración deben de saberlo. Podemos decir que Pioter ronca. A lo mejor ronca, vete a saber. Veamos… —Se hurgó los bolsillos. Sacó el móvil—. Verás, me he informado —dijo—. Sé lo que piden. Necesitamos documentar una relación gradual para demostrarles que… —Entornó los ojos para mirar el teléfono, apretó un botón y luego otro y volvió a entornar los ojos—. Fotografías —le dijo pasándole el teléfono—. Tomadas en momentos distintos. Que reflejen el tiempo que lleváis juntos.

La pantalla mostraba a Kate y a Piotr sentados uno enfrente del otro en el laboratorio de su padre. Kate en un taburete alto y Piotr en una silla plegable. Kate llevaba su chaqueta de piel, Piotr su bata de laboratorio. Los dos miraban a la cámara con expresión confusa y sorprendida.

Pasó a la foto siguiente. La misma pose, excepto que ahora Kate hablaba con el fotógrafo y tenía dos tendones marcados en el cuello en los que nunca había reparado.

La foto siguiente la mostraba desde atrás, borrosa y lejana, de pie en la acera. Se había vuelto en parte hacia el hombre que la seguía, pero desde atrás no quedaba claro quién era.

En la siguiente, el hombre la sujetaba del brazo y adelantaban a otra pareja.

Por lo visto, su padre se había dedicado a espiarla.

En otra, ella y Piotr estaban sentados el uno enfrente del otro en el comedor de los Battista, pero Bunny estaba en primer plano y el tarro de miel que tenía en la mano tapaba en parte el perfil de Piotr.

Por fin se veía a Piotr con media Kate de pie a su lado y sin cabeza. Era la última foto.

—Te las enviaré en cuanto aprenda cómo hacerlo —dijo su padre—. He pensado que deberías empezar a mandarle mensajes de texto.

—¿Cómo?

El otro día leí en el periódico que los de Inmigración a veces piden a las parejas sus teléfonos. Repasan sus mensajes de texto para asegurarse de que se quieren de verdad.

Kate le devolvió el teléfono a su padre, que estaba ocupado volviendo a llenarse la copa. La había vaciado ya, y ahora se disponía a vaciar también la botella. Se la pasó y dijo:

—Catorce segundos.

—¿Solo catorce?

—Bueno, ya se habrá calentado un poco. —Cogió el teléfono, se lo guardó en el bolsillo y esperó mientras Kate se volvía para meter la copa en el microondas—. Oye no quería hablar de esto aún —dijo—, pero creo que estoy a punto de algo, podría estar a punto de conseguir un gran avance justo cuando los jefes empiezan a perder la fe en mi proyecto. Y si Pioter pudiera quedarse en el laboratorio, si lo consiguiésemos… ¿Sabes lo que significaría eso para mí? Ha sido un camino tan largo, Kate. Un camino largo, fatigoso y desalentador, y sé que a veces debe de haber dado la impresión de que era lo único que me importaba; sé que tu madre lo pensaba.

Se interrumpió para señalar otra vez con la barbilla hacia el microondas. Kate sacó la copa de vino y se la dio. Esta vez vació la mitad de un trago y ella se preguntó si estaba siendo sensato. No estaba acostumbrado a beber. Por otro lado, tal vez estuviese tan comunicativo gracias al alcohol.

—¿Mi madre? —preguntó.

—Tu madre creía que debíamos tener fines de semana. ¡Incluso vacaciones! Sé que lo entiendes, te pareces más a mí. Eres más sensata, más práctica... Pero tu madre tenía muy... poca resistencia, diría yo. No le gustaba estar sola, ¿imaginas? Y la menor trivialidad la sumía en la desesperación. Más de una vez me dijo que no le veía sentido a la vida. —Kate se cruzó de brazos—. Yo le respondía: «Claro que no, cariño. No se puede decir que lo haya. ¿Creías que sí?». Pero no parecía reconfortarla.

—¿De verdad? —dijo ella. Kate alargó el brazo para coger la copa de vino y dio un largo trago—. Muchas mujeres se sienten felices y realizadas cuando tienen hijos —dijo después de tragar—. No todas deciden de pronto que no vale la pena vivir.

—¿Hum? —Su padre miró pensativo los posos de su propia copa. Luego alzó la vista—. ¡Ah! —dijo—, no tuvo nada que ver contigo, Kate. ¿Es lo que pensabas? Estaba deprimida desde mucho antes de que nacieras. Me temo que en parte tal vez fuese culpa mía. Me temo que nuestro matrimonio pudo tener un efecto negativo en ella. Se tomaba a mal todo lo que yo decía. Pensaba que la ninguneaba, que actuaba como si fuese más inteligente que ella. Lo cual era un despropósito, claro; no sé, no hay duda de que lo era, pero la inteligencia no es el único factor que hay que considerar en el matrimonio. En cualquier caso, parecía incapaz de salir del hoyo. Me sentía como si estuviese al borde de un pantano viendo cómo se hundía. Intentó distintas terapias, pero siempre acababa decidiendo que no le ayudaban. Y también probó las pastillas. Un montón de antidepresivos... ISRS y demás. Ninguno funcionó, y algunos tenían efectos secundarios. Por fin, uno de mis colegas, un inglés, me habló de un medicamento que había inventado y que habían empezado a utilizar en Europa. Me dijo que no habían aprobado su uso en Estados Unidos, pero que obraba milagros, me envió un poco y tu madre lo probó. Se convirtió en otra persona. ¡Vibrante! ¡Animada! ¡Enérgica! Estabas a punto de entrar en el instituto y ella empezó a interesarse, asistía a las reuniones de la Asociación de Padres, se ofrecía a acompañarte a las excursiones. Recuperé a la antigua Thea, a la mujer que era cuando la conocí. Luego se le metió en la cabeza que quería tener otro niño. Dijo que siempre había querido tener seis hijos y yo le respondí: «Es decisión tuya, cariño. Sabes que siempre he dejado esos asuntos en tus manos». Muy poco después se quedó embarazada, y fue al médico para confirmarlo, y entonces supimos que el medicamento milagroso le había dañado el corazón. En Europa ya habían empezado a sospecharlo y estaban retirándolo del mercado, nosotros no nos habíamos enterado.

—¿Esa fue la causa de sus problemas cardíacos?

—Sí, y acepto toda la responsabilidad. De no ser por mí, ella nunca habría oído hablar de ese medicamento. Y, según tu tía, tampoco lo habría necesitado. —Apuró la copa de vino y la dejó con un poco más de firmeza de la cuenta sobre la encimera—. Aunque —añadió al cabo de un momento—, supongo que proporcionó algunos datos valiosos a mi colega.

—¿Iba a las excursiones conmigo? —preguntó Kate—. Estaba intentando entenderlo—. ¿Se interesaba por mí? ¿Yo le gustaba?

—Pues claro. Te quería.

—Me perdí su mejor época —dijo Kate, casi con un gemido—. ¡No lo recuerdo!

—¿Has olvidado cuando ibais juntas de compras?

—¿Íbamos de compras?

—Decía que le alegraba mucho tener una niña con la que poder hacer cosas de chicas. Te llevaba a comprar ropa y a comer, y una vez os hicisteis la manicura.

Se sintió extrañamente marginada. No solo había confundido el recuerdo de vivencias atesoradas a lo largo de su vida, sino que daba por sentado que le habrían parecido odiosas. ¡Ella odiaba ir de compras! Pero, por lo visto, había ido de buen grado e incluso lo había pasado bien. Era como si la niña Kate fuese una entidad por completo diferente de la persona en que se había convertido la adulta Kate. Miró sus uñas toscas y descoloridas y no pudo creer que una vez las hubiesen pulido, limado y pintado con esmalte.

—Y por eso tenemos a nuestra Bunny —dijo su padre. Su voz sonó temblorosa, tal vez debido al vino, aunque tenía los cristales de las gafas empañados—. Y, por supuesto, me encanta tenerla. Es tan guapa y tan alegre, igualita a tu madre antes de que nos casáramos. Pero no es, digamos, muy… cerebral. Y no tiene tu valor, tu fibra. Kate, sé que dependo demasiado de ti. —Alargó el brazo y le rozó la muñeca con la yema de los dedos—. Sé que espero más de ti de lo que debería. Cuidas de tu hermana, te ocupas de la casa…, me preocupa que no llegues a encontrar marido.

—Caramba, muchas gracias —respondió Kate, y retiró la mano.

—No, lo que digo es… Ay, siempre planteo las cosas de manera muy torpe, ¿verdad? Solo digo que donde estás es difícil encontrar marido. Vives encerrada en casa, te entretienes en el jardín, cuidas a unos niños en una escuela, que, si se piensa bien, es probablemente el último sitio del mundo donde… He sido egoísta. Debería haberte obligado a volver a la facultad.

—No quiero volver a la facultad —objetó Kate. Era cierto; sintió un estremecimiento de desánimo.

—Pero hay otras carreras, si esa no era la indicada. Algo entiendo de eso. ¡Podrías haber acabado en la Johns Hopkins! Sin embargo, he sido demasiado complaciente conmigo mismo. Me decía: «¡Bah!, es joven; hay tiempo de sobra, y así la tendré en casa y podré disfrutar de su compañía».

—¿Disfrutas de mi compañía?

—Es posible que también hubiese otra razón. Pensé en emparejarte con Pioter. «¡Así seguiré viéndola!», debí de pensar. «Nadie saldrá perjudicado: es solo un matrimonio ficticio, y ella seguirá en casa.» Tienes todo el derecho del mundo a estar enfadada conmigo, Kate. Te debo una disculpa.

—Vaya —dijo Kate—, supongo que entiendo tu punto de vista.

Recordó la noche en que volvió a casa de la facultad. Se presentó sin avisar, con varias maletas —todo lo que había llevado consigo—, y, cuando el taxi la dejó en la casa encontró a su padre en la cocina con un delantal encima del guardapolvo. «¿Qué haces aquí?», le preguntó. «Me han expulsado», respondió ella con más brusquedad de la necesaria, agradecida de quitárselo de encima cuanto antes. «¿Por qué?», preguntó él. Kate le contó lo de las pocas luces de su profesor. Y, cuando su padre respondió: «Bueno, es verdad que no tiene muchas luces», ella sintió un enorme alivio. Más que alivio, alegría. Pura alegría. Lo cierto es que creyó que podía ser el momento más feliz de su vida.

Su padre sostuvo la botella de vino delante de la ventana, claramente con la esperanza de que quedase un poco en el fondo.

—Cuando dices «ficticio»... —empezó ella. Su padre la miró—. Si de verdad es solo una formalidad —continuó—, si se trata de una cuestión legal que te permitiría cambiar el estado de su visado y luego podría deshacerse... —Él volvió a dejar la botella en la encimera. Aguardó tenso, tal vez sin respirar—. Supongo que no es para tanto.

—¿Eso es un sí?

—¡Ay, papá! No lo sé —respondió fatigada.

—Pero estás dispuesta a pensarlo. ¿Es eso lo que dices?

—Supongo —dijo ella.

—¿De verdad harías eso por mí? —Ella dudó, y luego asintió con timidez. Un instante después se preguntó en qué demonios estaba pensando, pero su padre ya la había abrazado con torpeza, y luego la apartó para mirarla a la cara—. ¡Lo harás! —exclamó— ¡De verdad lo harás! ¡Me quieres lo bastante para hacerlo! Vaya, Kate, cariño: no sé expresar con palabras lo agradecido que estoy.

—Bueno, tampoco va a suponer un gran cambio en mi vida —dijo.

—No será ningún cambio, te lo prometo. Apenas notarás su presencia, todo seguirá exactamente igual que hasta ahora. Lo arreglaré para que te sea fácil ¡Esto lo cambia todo! Todo irá bien; estoy convencido de que ahora mi proyecto tendrá éxito. ¡Gracias, cariño!

Al cabo de un instante, ella respondió:

—De nada.

—Entonces… —dijo él—. ¿Kate…?

—¿Qué?

—¿Crees que podrías terminar mi declaración de Hacienda? Lo he intentado, pero… —Se echó hacia atrás y extendió de manera cómica y con impotencia los brazos delgados— ya sabes cómo soy.

—Sí, papá —replicó ella—. Lo sé.

7

Domingo, 11.05

¡Hola, Kate, te estoy enviando un mensaje!
Hola.
¿Tas en kasa ahora?
Escribe bien, por Dios. No eres un adolescente.
¿Estás en casa ahora?
No.

La muñeca bailarina y el muñeco bailarín se iban a casar. El muñeco bailarín llevaba su viejo uniforme de siempre, pero la muñeca se había puesto un vestido nuevo de clínex blancos, uno por delante y otro por detrás, sujetos por la cintura con un coletero y con vuelo gracias al tutú que llevaba debajo. Emma G. había confeccionado el vestido, pero Jilly había donado el coletero y Emma K. sabía las normas para avanzar por la iglesia y encontrarse con el novio en el altar. Por lo visto Emma K. había llevado las flores en algún momento del pasado reciente. Se explayó sobre el encargado de llevar los anillos, la costumbre de lanzar el ramo y el «pastel más alto que un rascacielos» mientras las demás niñas escuchaban embelesadas. No se les ocurrió preguntar a Kate por los detalles, pese a que la noticia de su inminente boda era la causa de todo.

Al principio Kate pensó no decírselo a nadie. Se casaría un sábado —el primer sábado de mayo, faltaban menos de tres semanas— y el lunes iría a la escuela sin que nadie lo supiera. Pero su padre se decepcionó cuando supo que aún no se lo había dicho a nadie. Los de Inmigración preguntarían por su lugar de trabajo, dijo, y parecería muy sospechoso si sus colegas pensaban que seguía soltera.

—Deberías anunciarlo —dijo—. Deberías llegar mañana deshaciéndote en sonrisas, enseñar el anillo, inventar una buena historia sobre vuestro noviazgo para que los de Inmigración sepan todos los detalles si empiezan a hacer preguntas.

El Departamento de Inmigración se había convertido en el coco de la familia. Kate lo imaginaba como un hombre con traje y corbata, apuesto pero con el estilo neutro y sin textura de un detective de una vieja película en blanco y negro. Incluso tal vez tuviese la voz de una película en blanco y negro, hueca e imperiosa. «¿Katherine Battista? Inmigración. Quisiera hacerle unas preguntas.»

Así que al día siguiente, un martes, se presentó en la escuela por la mañana con el anillo de diamantes de su tía abuela, y antes incluso de ir a la clase 4 fue a la sala de profesores, donde la mayoría de las maestras y algunas ayudantes se arremolinaban en torno al hervidor de agua, y sin decir palabra alargó la mano izquierda.

La señora Bower fue la primera en darse cuenta.

—¡Ah! —chilló—. ¡Kate! ¿Qué es eso? ¿Un anillo de compromiso?

Kate asintió. No pudo deshacerse en sonrisas porque la señora Bower era la maestra de la clase 2, donde Adam era ayudante. Seguro que iría corriendo a la clase y le diría a Adam que Kate estaba comprometida.

Kate llevaba dándole vueltas a cómo decírselo a Adam desde que aceptó meterse en ese lío.

Luego las demás mujeres la rodearon, haciéndole preguntas, y si el comportamiento de Kate pareció poco efusivo quizá lo atribuyesen a su habitual falta de sociabilidad.

—¡Qué calladito te lo tenías! —exclamó la señora Fairweather—. ¡Ni siquiera sabíamos que tuvieses novio!

—Bueno, sí —murmuró Kate.

—¿Quién es él? ¿Cómo se llama? ¿Cómo se gana la vida?

—Se llama Pioter Cherbakov —dijo Kate. Sin planearlo, lo pronunció al estilo de su padre para que sonase menos extranjero—. Es microbiólogo.

—¡Vaya! ¡Un microbiólogo! ¿Dónde os conocisteis?

—Trabaja en el laboratorio de mi padre —dijo. Luego miró de reojo a la señora Chauncey y exclamó—: ¡Anda, No hay nadie vigilando a los niños de cuatro años! —en busca de una excusa para escapar antes de que pudieran hacerle más preguntas.

Pero, claro, no la dejaron escapar tan fácilmente. ¿De dónde era Piotr? (No parecía que fuese de Baltimore.) ¿Aprobaba su padre la boda? ¿Cuándo la celebrarían?

—¡Tan pronto! —exclamaron cuando supieron la fecha.

—Bueno, hace tres años que nos conocemos —dijo Kate. Lo cual en rigor era cierto.

—Pero ¡hay tantas cosas que planificar!

—No tantas; va a ser una ceremonia muy sencilla. Solo la familia cercana.

Notó que eso las decepcionaba. Habían imaginado que asistirían.

—Cuando se casó Georgina —le recordó la señora Fairweather— invitó a toda la clase, ¿te acuerdas?

—Esta boda será diferente. A ninguno de los dos nos gusta arreglarnos demasiado —dijo. Hablar en primera persona del plural le sonó tan extraño como si se hubiese metido una patata en la boca—. Mi tío es pastor y nos casará en una ceremonia privada. Solo con mi padre y mi hermana de testigos... Ni siquiera voy a invitar a mi tía. Casi le da un ataque cuando se enteró.

Que fuese en la iglesia era ya todo un compromiso. Kate quería algo rápido en el ayuntamiento, pero su padre prefirió una ceremonia con todo el equipo y poder fotografiarla para los de Inmigración. Y estaba claro que sus compañeras opinaban como él; cruzaron miradas entristecidas.

—Los niños se sentaron en el banco justo detrás de los parientes más cercanos de Georgina y todos llevaban una rosa amarilla, ¿lo recuerda? —le preguntó la señora Fairweather a la señora Link.

—Sí, porque el vestido de Georgina era amarillo, un amarillo pálido precioso, y su marido llevaba una corbata amarilla —respondió la señora Link—. Las dos madres se escandalizaron de que no fuese de blanco. «¿Qué pensará la gente?», dijeron. «¿Cuándo se ha visto una novia que no vaya de blanco?»

—Y Georgina respondió: «Pues lo siento, pero el blanco me hace muy pálida» —añadió la señora Chauncey.

A veces Kate se quedaba atónita al ver lo mucho que se parecían las maestras a las niñas que parloteaban en la clase 4.

La señora Chauncey anunció la boda a la clase de Kate.

—¡Niños, niños! —dijo dando palmadas con las manos regordetas en cuanto terminaron la canción de buenos días—. Tengo muy buenas noticias. ¿A que no sabéis quién se casa?

Se hizo un silencio. Luego Liam M. se animó a decir.

—¿Usted?

La señora Chauncey pareció incómoda. (Llevaba casada treinta y cinco años.)

—¡La señorita Kate! —exclamó—. La señorita Kate está comprometida. Enséñeles el anillo, señorita Kate.

Kate alargó el brazo. Unas cuantas niñas soltaron murmullos de admiración, pero la mayor parte de los niños parecieron confusos.

—¿Puede? —le preguntó Jason.

—Que si puedo ¿qué?

—Que si la deja su mamá.

—Ah…, sí —respondió Kate.

Los gemelos Samson se llevaron un buen disgusto. No dijeron nada en clase, pero en el patio, esa misma mañana, fueron a verla y Raymond preguntó:

—¿Y ahora con quién nos casamos?

—Oh, encontraréis a alguien —les aseguró ella—. Alguien de vuestra edad. Seguro.

—¿Quién? —preguntó Raymond.

—Bueno…

—Está Jameesha —le recordó David.

—Ah, sí.

—Y también…

—Da igual. Me quedo con Jameesha.

—¿Y yo? —preguntó David—. Jameesha siempre está enfadada conmigo.

Kate no oyó el resto de la conversación, porque en ese momento llegó Adam. Llevaba una chaquetita rosa en la mano y parecía muy sombrío, o a lo mejor fueron imaginaciones suyas.

—Vaya —dijo al llegar a donde ella estaba. Miró hacia los columpios—. Me he enterado de la noticia.

—¿La noticia? —preguntó ella. (Sin darle importancia.)

—Dicen que te casas.

—¡Ah! —dijo—. Eso.

—Ni siquiera sabía que estuvieses saliendo con alguien.

—No estaba saliendo —se excusó Kate—. Bueno, sí, más o menos, pero… todo ha ido muy deprisa.

Él asintió, todavía con aire sombrío. Sus pestañas eran tan negras y espesas que sus ojos parecían tiznados de hollín.

Pasaron un rato contemplando a una niña de tres años que se había puesto boca abajo en un columpio y le estaba dando vueltas. Giraba y giraba, sujetándose como si su vida dependiese de ello, muy concentrada y luego se bajaba y trastabillaba inestable, como un borracho diminuto.

—¿Te parece… una buena idea, precipitarte con una decisión así?

Kate le echó un rápido vistazo, pero él seguía mirando a la niña de tres años y era imposible descifrar su expresión.

—Tal vez no —dijo—. Puede que no lo sea. No lo sé. —Después de una larga pausa añadió—: Aunque podría ser solo temporal.

Entonces sí se volvió para mirarla.

—¡Temporal! —exclamó.

—Digo que nadie sabe si un matrimonio durará, ¿no?

Los ojos tiznados de hollín se entornaron aún más y se volvieron más oscuros.

—Pero es un pacto —dijo.

—Sí, pero…, sí, es cierto. Un pacto. Tienes razón.

Y Kate volvió a tener la sensación de ser demasiado alta, demasiado brusca, demasiado descarada. Se interesó de pronto por Antwan, que trepaba peligrosamente alto por las barras de los columpios, y fue a bajarlo.

Martes, 14.46

¡Hola, Kate! ¿Quieres dar paseo después de escuela?
No.
¿Por qué?
Hoy tengo extraescolares.
¿Y después?
No.
No eres bastante educada.
Adiós.

Otra foto: Kate de pie muy rígida ante la puerta de casa, Piotr a su lado con una sonrisa y con la nariz un poco irritada. Al parecer su supuesto resfriado era una alergia a algo.

Luego Kate y Piotr sentados en el banco de un restaurante. El brazo derecho de Piotr se extendía con gesto de propietario por el respaldo del asiento detrás de Kate, lo que le daba un aire contorsionado porque el respaldo estaba muy alto. Además tenía el ceño fruncido en un esfuerzo por ver en la penumbra; se quejaba de que los restaurantes estadounidenses no estaban lo bastante iluminados. El padre de Kate también estaba, claro, porque alguien tenía que hacer la foto. Kate y él habían pedido una hamburguesa. Piotr pidió carrilleras de ternera con puré de apionabo y salsa de granada, tras lo cual el doctor Battista y él se pusieron a hablar de los «algoritmos genéticos» de las recetas. Kate reparó en que, cuando Piotr escuchaba a alguien con atención, su rostro adquiría un aspecto un tanto beatífico. Se le relajaba la frente, se quedaba muy quieto y se concentraba en la otra persona.

Después Kate y Piotr en el sofá del salón, dejando un espacio entre los dos, Piotr sonreía y volvía a poner el brazo a lo largo del respaldo mientras Kate, con gesto serio, alargaba el brazo izquierdo hacia el fotógrafo para mostrarle el anillo de diamantes. O tal vez fuesen circonitas, nadie estaba muy seguro. La tía abuela trabajaba en un bazar de todo a diez centavos.

Kate y Piotr fregando los platos. Piotr llevaba un delantal y levantaba en el aire un plato preaclarado. Kate estaba a su lado y lo miraba como si no supiese quién era esa persona. Bunny, solo visible en parte, parecía preguntarse quiénes eran ambos y ponía incrédula los ojos en blanco delante de la cámara.

Bunny enseñó a su padre cómo enviar las fotos a los teléfonos de Kate y Piotr, pues él no tenía ni idea. Volvió a poner los ojos en blanco, pero le enseñó. No obstante, no ocultó su espanto ante el plan de la boda.

—¿Qué eres? —le preguntó a Kate—. ¿Un objeto?

—Es solo por un tiempo —respondió ella—. No sabes lo mal que están las cosas en el laboratorio.

—No, y me trae sin cuidado. Ese laboratorio no tiene nada que ver contigo.

—Pero sí con papá. ¡Es el centro de su vida!

—Se supone que el centro de su vida tenemos que ser nosotras —exclamó Bunny—. ¿Qué mosca le ha picado? Pasa meses sin acordarse de que existimos, pero al mismo tiempo se cree con derecho de decirnos con el que podemos ir en coche y con el que debemos casarnos.

—Con quién —le corrigió mecánicamente Kate.

—Despierta de una vez, hermanita. Está haciendo un sacrificio humano contigo, ¿no te das cuenta?

—Vamos, no es para tanto —dijo Kate—. Recuerda que será solo sobre el papel.

Pero Bunny estaba tan enfadada que su politono de Taylor Swift llegó casi a la mitad antes de que pensara en responder al teléfono.

Viernes, 16.16

¡Hola, Kate! Mañana voy contigo a hacer compra.
Me gusta comprar sola.
Voy porque tu padre y yo vamos a hacer cena.
¿Qué?
Te recogeré en mi coche a las ocho de la mañana.
Adiós.

Su coche era un Volkswagen Escarabajo original; hacía años que Kate no veía uno. Era de color azul pavo real, y la pintura estaba tan desgastada que parecía pintado con tiza. No obstante, por lo demás estaba en perfectas condiciones. A Kate le pareció milagroso en vista de cómo lo trataba. ¿Había alguna ley natural que decretase que los científicos no saben conducir? O tal vez sí supieran, pero estuviesen demasiado inmersos en sus esotéricos pensamientos para molestarse en mirar a la carretera. Piotr no dejaba de mirar a Kate y se volvía hacia ella para charlar mientras el Escarabajo circulaba inclinado por la calle Cuarenta y uno y los demás conductores frenaban y hacían sonar el claxon y un montón de libros, batas de laboratorio, botellas de agua vacías y envoltorios de comida rápida se deslizaban por el asiento trasero.

—Compramos un lomo de cerdo —iba diciendo—. Y harina de maíz.

—Mira lo que haces, por Dios.

—¿Habrá sirope de arce en tienda?

—¡Sirope de arce! ¿Qué demonios vas a cocinar?

—Cerdo braseado en un lecho de polenta regado con sirope de arce.

—Dios mío.

—Tu padre y yo lo hemos hablado.

—Del algoritmo genético de las recetas —dijo Kate haciendo memoria.

—¡Ah! Estabas escuchando. Prestabas atención a lo que decía.

—No estaba prestando atención a lo que decías —replicó Kate—. No pude evitar oír lo que me chillabas al oído.

—Estabas prestando atención. ¡Te gusto! Creo que estás loca por mí.

—Piotr —dijo Kate—, dejemos clara una cosa.

—¡Uf! Ese camión es demasiado grande para carretera.

—Solo hago esto para ayudar a mi padre. Por lo visto, cree que es importante que te quedes en el país. Cuando consigas la tarjeta de residencia, tú y yo seguiremos nuestro camino. El plan no incluye que nadie esté loco por nadie.

—O a lo mejor decides no separarte —dijo Piotr.

—¿Qué? ¿De qué estás hablando? ¿Es que no has oído lo que acabo de decirte?

—Sí, sí —dijo atropelladamente—. Te escucho. Nadie estará loco por nadie. Y ahora iremos a comprar cerdo.

Entró en el aparcamiento del supermercado y apagó el motor.

—¿Por qué vamos a cenar cerdo? —le preguntó Kate mientras le seguía por el aparcamiento—. Sabes que Bunny ni siquiera lo probará.

—No me preocupa demasiado Bunny —dijo.

—¿Ah, no?

—En mi país tienen proverbio: «Guárdate de las personas dulces, porque el azúcar no es nutritivo».

Eso le pareció intrigante.

—Pues en mi país decimos que se atrapan más moscas con miel que con vinagre.

—Cierto —dijo en tono misterioso Piotr. Iba un par de pasos por delante de Kate, pero se detuvo y sin previo aviso le pasó el brazo por encima del hombro y la acercó a su lado—. Pero ¿para qué quieres atrapar moscas, eh? Respóndeme a eso, corazón de vinagre.

—Suéltame —dijo Kate. De cerca Piotr olía a hierba fresca y su brazo parecía férreo e insistente. Se liberó—. ¡Caray! —exclamó. Y ahora fue ella quien anduvo unos pasos por delante en el aparcamiento. A la entrada del supermercado cogió un carrito y entró, pero Piotr la alcanzó y se lo quitó de las manos. Kate empezaba a sospechar que tenía una especie de complejo de machote—. Vale, vale —dijo.

Él se limitó a sonreír y anduvo a su lado con el carro vacío.

Para tratarse de alguien que hablaba tanto de las vitaminas le interesó muy poco la sección de verduras. Metió lánguidamente un repollo en el carro y luego preguntó mirando a los lados.

—¿Dónde encontramos harina de maíz?

—Parece que te van mucho los platos pretenciosos —dijo Kate mientras le guiaba—. Como aquello que pediste en el restaurante con puré de apionabo.

—Solo repetí lo último.

—¿Cómo?

—El camarero, cuando vino a nuestra mesa, hablaba muy raro. Dijo: «Bueno, chicos, dejad que os diga cuáles son los platos de esta noche…» —Piotr imitaba el acento de Baltimore con tanta perfección que resultaba inquietante—. Luego dijo cosas muy largas y mezcladas: que si de granja, que si molido a la piedra, que si curado en casa hasta que me dio vértigo. Así que repetí el último plato. «Las carrilleras de ternera con puré de apionabo», repetí, porque todavía lo recordaba.

—Entonces, a lo mejor esta noche podríamos volver al puré de siempre —dijo Kate.

Pero Piotr respondió:

—No, creo que no. —Y no hubo más que hablar.

La lista de verduras hecha por ordenador no les fue de mucha utilidad ese día. En primer lugar, todavía les quedaba un montón de puré del sábado anterior, que era por lo que Kate tenía la esperanza de poder servirlo esa noche. La semana anterior había sido muy distinta en lo que a comidas se refiere. No solo su padre había organizado la sesión de fotos en el restaurante con Piotr, sino que la noche siguiente Piotr insistió en invitarlos a otro restaurante (a todos menos a Bunny que había dicho que bueno está lo bueno) y el martes, con la excusa de celebrar una breve e inesperada nevada primaveral, se presentó con una caja enorme de pollo del KFC.

Y, en algún momento de la semana siguiente, Kate tendría que pensar alguna cena para la tía Thelma. El doctor Battista llevaba una temporada dando a entender que tenían que invitarla a ella, a su marido y tal vez también al tío Theron, siempre que no interfiriera con sus obligaciones eclesiásticas, para que conociesen a Piotr. Tenían que hacer un esfuerzo y pasar el trago, dijo el doctor Battista. La tía Thelma y él no se llevaban muy bien (la tía Thelma lo culpaba de la depresión de su hermana), pero dijo:

—Por los de Inmigración creo que lo más inteligente es comunicar a todos tus parientes tus planes matrimoniales. Y, ya que no quieres invitar a tu tía a la boda, esta parece una alternativa estratégica.

La razón por la que Kate no quería invitar a su tía a la boda era que la conocía muy bien y lo mismo podía darle por presentarse con seis damas de honor y un coro completo.

¿Qué podía darle de comer? Desde luego no puré de carne sin carne, aunque habría sido una forma de librarse de las dichosas sobras. Tal vez pollo; eso Kate sabía cocinarlo. Escogió un par para asarlos mientras Piotr elegía la pieza de cerdo, y luego volvió a la sección de verduras a por unos espárragos y unas patatas rojas.

De regreso a la sección de carne, vio desde lejos a Piotr, sumido en una conversación con un negro con delantal. El cedido jersey gris de Piotr y su cuello vulnerable le parecieron extrañamente conmovedores. No era del todo culpa suya encontrarse en esa situación tan rara. Y por un momento intentó imaginar cómo se sentiría ella si estuviese en un país extranjero con el visado a punto de expirar, sin una idea muy clara de adónde ir cuando caducase ni de cómo ganarse la vida. ¡Por no hablar del problema del idioma! En otro tiempo había sido una estudiante regular de idiomas, pero se habría sentido desolada si hubiese tenido que vivir desenvolviéndose en otra lengua. Pero ahí estaba Piotr, charlando alegremente del corte del cerdo y haciendo gala de su habitual buen humor. No pudo sino esbozar una leve sonrisa.

No obstante, cuando llegó a su lado, él dijo:

—¡Ah! Mi prometida. Este caballero tan amable dice que tal vez mejor pierna que lomo.

Y enseguida volvió a enfadarse con él. «Prometida», ¡puaj! Y siempre había odiado como sonaba la aduladora palabra «caballero».

—Haz lo que quieras —respondió ella—. A mí me da igual.
—Echó las verduras en el carro y volvió a marcharse.

A Piotr no le gustó la idea de darle pollo asado a la tía Thelma.
Kate cometió el error de hablarle de sus planes para el menú, cuando la alcanzó en el pasillo de siropes y jaleas, y lo primero que le
preguntó fue:

—¿Puede cortarse el pollo en trozos?

—¿Para qué?

—He pensado freírlo, como KFC. ¿Sabes preparar pollo frito?

—No.

Aguardó, con aire esperanzado.

—Pero ¿podrías aprender?

—Supongo que sí, si quisiera.

—¿Y querrías, tal vez?

—No sé, Piotr, si tanto te gusta el KFC ¿por qué no compramos
un poco? —dijo Kate. Le habría gustado ver la cara de la tía Thelma.

—No, deberías cocinar algo —dijo Piotr—. Algo más elabora-
do. Quieres que se sienta bien recibida.

—Cuando conozcas a la tía Thelma —dijo Kate— comprende-
rás que lo último que nos conviene es que se sienta demasiado bien
recibida.

—Pero ¡es de la familia! —dijo Piotr. Pronunció la palabra
como si fuese santa; la rodeó de cojines invisibles—. Quiero cono-
cer a toda tu familia: a tu tía, a su marido, a su hijo y también a tu
tío el pastor. ¡Ya me imagino a tu tío! A lo mejor intenta convertir-
me, ¿no?

—¿Estás de broma? El tío Theron no podría convertir a un gatito.

—Theron —repitió Piotr. Hizo que sonara como Seron—. ¿Lo
hacéis para torturarme?

—¿El qué?

—¡Tantos nombres con th!

—¡Ah! —dijo Kate—. Sí, y mi madre se llamaba Thea.

Piotr gimió.

—¿Cómo se apellidan? —preguntó.

Después de una brevísima pausa, ella respondió:

—Thwaite.

—¡Dios mío! —Se dio una palmada en la frente.

Ella se rió.

—Te estoy tomando el pelo —dijo Kate. Él bajó la mano y la miró—. Solo bromeaba —le aclaró—. Su verdadero apellido es Dell.

—Ah —dijo él—. Era broma. Has hecho broma. ¡Te estabas burlando de mí! —Y empezó a dar saltitos alrededor del carro—. ¡Oh, Kate; oh, mi cómica Kate; oh, mi Katia…!

—¡Para! —dijo ella. La gente los estaba mirando—. Deja de hacer el tonto y dime qué sirope quieres. —Piotr dejó de dar saltos y escogió una botella, al parecer al azar, y la dejó en el carro—. Es pequeña —dijo Kate al verla—. ¿Seguro que te bastará?

—No queremos exceso de arce —respondió con severidad—. Queremos equilibrio. Queremos sutileza. ¡Ah! Si sale bien, ¡podemos ofrecer un plato con sirope de arce a tu tía! Pollo con un lecho de… alguna sustancia rara, con sirope de arce. Tu tía dirá: «¡Qué plato tan celestial me habéis dado!».

—Es muy, muy improbable que la tía Thelma diga eso —respondió Kate.

—¿Puedo llamarla también «tía Selma»?

—Si quieres decir «tía Thelma» te sugiero que esperes a que ella te lo diga. Pero no entiendo por qué quieres llamarla así sin necesidad.

—Pero ¡nunca he tenido tía! —dijo Piotr—. Será la primera.

—Suerte que tienes.

—Pero esperaré a que me lo diga, lo prometo. Seré muy respetuoso.

—Por mí no exageres —dijo Kate.

Luego a Piotr no se le ocurrió otra cosa que contarle a su padre que habían pasado un «rato muy agradable» comprando verduras. Se lo dijo por la tarde, cuando los dos estaban en la cocina preparando la cena. Kate entró del jardín con el cubo lleno de herramientas y su padre le dedicó una sonrisa como si a su hija acabaran de concederle el premio Nobel.

—¡Has pasado un rato muy agradable en la sección de verduras!

—¿Ah, sí?

—¡Te dije que Pioter era un buen tipo! ¡Sabía que con el tiempo te darías cuenta! Dice que fuisteis juntos a la sección de verduras como buenos amigos y que lo pasasteis estupendamente.

Kate le echó a Piotr una mirada envenenada. Él sonrió con modestia sin alzar la mirada y esparció las especias sobre la pata del cerdo.

—Después de la cena podíais ir los dos al cine —sugirió su padre.

—Después de cenar voy a lavarme el pelo —dijo Kate.

—¿Después de cenar? ¿Te lo vas a lavar después de cenar? ¿Por qué entonces?

Kate suspiró y lanzó el cubo al armario de las escobas.

—No sabemos si podrías explicarnos qué es brasear —dijo Piotr.

—No tengo ni idea de qué es —respondió Kate. Fue al fregadero a lavarse las manos. Había papeles sanguinolentos de envolver carne y un corazón de repollo al lado de las hojas de fuera. Como su padre era un fanático del principio de ir limpiando a medida que ensuciabas, supo enseguida a quién culpar—. Ni se te ocurra dejar así la cocina cuando acabes —advirtió a Piotr mientras se secaba las manos.

—¡Yo me encargo de todo! —dijo Piotr—. ¿Va a venir a cenar Eddie?

—¿Quién es Eddie?

—El novio de tu hermana. En el cuarto de estar.

—¿Edward? No es su novio. ¡Eddie! ¡Caray!

—A los estadounidenses les encantan los nombres familiares —dijo Piotr.

—No.

—Sí.

—No.

—¡Por favor! —terció el padre de Kate—. Ya está bien. —Estaba removiendo una cazuela en el fuego. Los miró con un gesto angustiado.

—Además, no es su novio —le dijo Kate a Piotr.

—Sí.

—No. Es demasiado mayor para ser su novio. Es su profesor particular.

—¿Tu hermana está estudiando los microorganismos?

—¿Qué?

—El libro en sus rodillas es *Journal of Microbiological Methods*.

—¿De verdad?

—¡No me digas! —se maravilló el doctor Battista—. ¡No sabía que eso le interesase!

—¡Caramba! —murmuró Kate. Lanzó el trapo sobre la encimera y dio media vuelta para irse.

—Es como proverbio que conozco —le dijo Piotr a su padre.

—Ahórranoslo —le espetó Kate.

Con las zapatillas deportivas no hizo el menor ruido al cruzar el pasillo. Se asomó por la puerta del cuarto de estar y dijo:

—Bunny...

—¡Ay! —exclamó Bunny y Edward y ella se separaron con un sobresalto.

El *Journal of Microbiological Methods* ya no estaba en sus rodillas sino al otro extremo del sofá. Aun así, Kate atravesó el salón con cuatro zancadas, lo recogió y se lo plantó a Bunny delante de las narices.

—Esto no es lo que deberías estar aprendiendo —le dijo.

—¿Cómo?

—Le pagamos para que te enseñe español.

—¡No le pagamos un centavo!

—Bueno..., a eso me refería cuando le dije a papá que deberíamos pagarle. —Bunny y Edward parecían confundidos—. Bunny tiene quince años —le dijo Kate a Edward—. Todavía no puede salir con chicos.

—Vale —dijo él. Tenía menos práctica que Bunny en fingir una inocencia santurrona. Se ruborizó y se miró apesadumbrado las rodillas.

—Solo puede ir con chicos en grupo.

—De acuerdo.

—Pero es mi... —dijo Bunny.

—Y no me vengas con que es tu profesor particular, ¿por qué tuve que firmar tu examen de recuperación de español ayer?

—¿Por el subjuntivo? —dijo Bunny—. ¿Nunca he llegado a entenderlo? —Parecía estar preguntando si había alguna posibilidad de que esa explicación sonara convincente.

Kate se volvió sobre sus talones y salió. Sin embargo, antes de llegar a la mitad del pasillo Bunny saltó del sofá y corrió tras ella.

—¿Estás diciendo que no podemos volver a vernos? —preguntó—. ¡Solo viene a verme a casa! ¡No estamos quedando por ahí!

—Ese tipo tendrá unos veinte años —le dijo Kate—. ¿Te parece normal?

—¿Y qué? Yo tengo quince. Y soy muy madura para mi edad.

—No me hagas reír —dijo Kate.

—Estás celosa —respondió Bunny. Siguió a Kate por el comedor. Solo porque hayas tenido que ceder en lo de Pioter…

—Se llama Piotr —dijo Kate entre dientes—. Ya puestos, podías aprender a pronunciarlo bien.

—Qué cursi, doña señorita que hace vibrar las erres. Al menos no he tenido que pedirle a mi padre que me busque novio.

Lo dijo al llegar a la cocina. Los dos hombres las miraron sorprendidos.

—Tu hija es una imbécil —le dijo Bunny a su padre.

—¿Cómo?

—Es una imbécil, fisgona, celosa y entrometida y me niego a…, ¡mira! —Vio algo por la ventana. Todos se volvieron para ver pasar a Edward por debajo del cornejo, con los hombros caídos y en dirección a su casa—. ¡Estarás contenta! —le dijo Bunny a Kate.

—¿Por qué será —le preguntó el doctor Battista a Piotr— que siempre que paso un rato con mujeres, acabo preguntándome qué es lo que ha ocurrido?

—Eso es muy sexista —dijo con severidad Piotr.

—A mí no me culpes —respondió el doctor Battista—. Mi observación se basa en pruebas puramente empíricas.

Lunes 13.13

¡Hola, Kate! ¡Hemos ido a sacar la licencia matrimonial!
¿Quiénes?
Tu padre y yo.
Pues ojalá seáis muy felices.

8

—¿Qué tal estás, Pioter? —dijo la tía Thelma.

—¡Ejem! —carraspeó Kate.

Pero era demasiado tarde.

—He tenido mucha alergia, pero ahora estoy mejor —dijo Piotr—. Tal vez haya sido el material de madera maloliente que ponen en el suelo en torno a los arbustos.

—Lo llamamos «mantillo» —le informó la tía Thelma—. M-a-n-t-i-l-l-o. Es para conservar la humedad del suelo en los veranos cálidos. Pero dudo mucho que sea eso lo que te produce alergia.

A la tía Thelma le encantaba enmendarle la plana a los demás. Y Piotr le sonreía con mucha franqueza, claramente precondicionado a adorarla: justo lo que más le gustaba a ella. Tal vez la velada fuese mejor de lo que Kate había imaginado.

Estaban en el vestíbulo; Kate, su padre, Piotr, la tía Thelma y su marido el tío Barclay. La tía Thelma era una mujer guapa y menuda que acababa de cumplir sesenta años, con una melena lisa rubia y un maquillaje muy luminoso. Llevaba un traje de chaqueta de seda beis y una fina bufanda de colores enrollada con varias vueltas al cuello y echada sobre los hombros. (Antes a Kate le gustaba fantasear con que las sempiternas bufandas de su tía eran para esconder algo: una operación quirúrgica o, quien sabe, tal vez la marca de unos colmillos.) El tío Barclay era delgado y apuesto, tenía el cabello canoso y llevaba un traje gris que parecía caro. Dirigía una poderosa empresa de inversiones y parecía encontrar al doctor Battista y a sus hijas graciosas y pintorescas, como ejemplares de un museo de historia natural de provincias. Las observó con una sonrisa comprensiva, apoyándose con gracia en el umbral con las manos en los bolsillos de los pantalones y una elegante arruga en el dobladillo de la chaqueta.

Los demás se habían vestido lo mejor que habían podido. Kate llevaba su falda vaquera con una de sus camisas de cuadros escoceses. Piotr iba en tejanos —unos tejanos extranjeros ajustados a la cintura que se le abombaban en torno a las piernas— pero había añadido una camisa blanca recién planchada y en vez de las zapatillas de costumbre calzaba unos zapatos de vestir marrones. Incluso el doctor Battista había hecho un esfuerzo. Se había puesto su único traje, que era negro, una camisa blanca y una fina corbata oscura. Siempre parecía muy frágil y delgado cuando se quitaba su amado guardapolvo.

—Qué emocionante… —empezó a decir la tía Thelma, pero justo en ese momento Kate propuso:

—Pasemos al cuarto de estar. —Ella y la tía Thelma a menudo hablaban a la vez—. El tío Theron ha llegado ya —dijo Kate poniéndose en cabeza.

—¿Ah, sí? —dijo la tía Thelma—. Pues se habrá presentado antes de hora, porque Barclay y yo hemos llegado en punto.

El tío Theron había llegado pronto, tal como le habían pedido, para poder hablar de la ceremonia, así que Kate no la contradijo.

La tía Thelma se adelantó y entró en el salón con los brazos extendidos, dispuesta a rodear con ellos a Bunny que acababa de levantarse del sofá.

—¡Bunny, cariño! —exclamó la tía Thelma—. ¡Dios mío! ¿No tienes frío?

Era el primer día caluroso del año y era imposible que Bunny tuviera frío. La tía Thelma se limitaba a señalar lo escueto de su vestido veraniego, que tenía la longitud de la falda de una persona normal y estaba sujeto a los hombros con unos lazos enormes que parecían alas de ángel. Además las sandalias iban abiertas por detrás. Era de esas cosas que no hay que hacer.

Una de las muchas instrucciones que les había dado la tía Thelma a lo largo de los años era: nunca llevéis zapatos sin talón a una celebración social. Era la norma número dos, después de la norma principal: nunca, jamás, bajo ninguna circunstancia os pongáis lápiz de labios en la mesa. Todas las normas de la tía Thelma estaban grabadas de forma permanente en la imaginación de Kate, aunque por una preferencia natural no tenía ningún zapato sin talón y nunca usaba lápiz de labios.

En cambio, Bunny tendía a no captar los subtextos de la tía Thelma. Se limitó a decir:

—No, ¡me estoy asando! —Y le dio un beso en la mejilla—. Hola, tío Barclay —añadió—, y lo besó también a él.

—Theron —dijo la tía Thelma en tono regio, como concediendo una dispensa. El tío Theron se había levantado de su silla y estaba de pie con las manos regordetas y cubiertas de vello rubio apretadas contra la entrepierna. La tía Thelma y él eran gemelos, lo que explicaba lo de sus nombres aliterativos, aunque no el de su hermana pequeña, pero la tía Thelma había «salido primero», como siempre decía, y tenía la seguridad del primogénito, mientras que Theron era un hombre tímido que no se había casado ni parecía haber tenido ninguna vivencia interesante. O tal vez no hubiese reparado en ellas si las había tenido. Siempre parecía estar pestañeando como si le costara comprender el comportamiento humano más normal, y con la camisa amarilla de manga corta que llevaba esa noche daba la impresión de estar desnudo e indefenso.

—¿No estás emocionado? —le preguntó la tía Thelma.

—Emocionado —repitió intranquilo.

—¡Vamos a casar a nuestra Kate! Eres muy misteriosa, ¿eh? —le dijo a Kate mientras se instalaba en un sillón. Entretanto, Piotr, acercó la mecedora en la que estaba sentado. Todavía tenía los ojos expectantes y clavados en el rostro de la tía Thelma; y aún seguía sonriendo—. Ni siquiera sabíamos que tuvieses un pretendiente —continuó diciéndole a Kate su tía—. Nos temíamos que Bunny se te adelantara en ir al altar.

—¿Bunny? —dijo el doctor Battista—. Pero si acaba de cumplir quince años.

Tenía las comisuras de los labios hacia abajo y aún no había tomado asiento. Seguía de pie delante de la chimenea.

—Siéntate, papá —dijo Kate—. Tía Thelma, ¿te traigo algo de beber? El tío Theron está tomando ginger ale.

Dijo lo del ginger ale, porque acababa de enterarse de que su padre solo había comprado una botella de vino —la culpa era de ella por haberle hecho ese encargo— y tenía la esperanza de que nadie pidiera vino hasta la cena. Pero su tía dijo:

—Vino blanco, por favor. —Y luego se volvió hacia Piotr, que seguía esperando con el aliento contenido a ver qué perlas salían de sus labios—. Y ahora cuéntanos —dijo—, ¿cómo…?

—Solo tenemos tinto —dijo Kate.

—Pues tinto. Pioter, ¿cómo…?

—¿Tío Barclay? —preguntó Kate.

—Sí, tomaré tinto.

—¿Cómo os conocisteis Kate y tú? —se las arregló para preguntar por fin la tía Thelma.

—Vino al laboratorio del doctor Battista —dijo Piotr enseguida—. Yo no me esperaba gran cosa. Pensé: «Vive en casa de sus padres, no tiene novio…». Luego apareció. Alta. Con el pelo como estrella de cine italiana.

Kate se fue de la sala.

Cuando volvió con el vino, Piotr había pasado a comentar sus otras cualidades y la tía Thelma sonreía y asentía encantada.

—Me recuerda a las chicas de mi país —dijo—. Sincera. Dice lo que piensa.

—De eso no me cabe la menor duda —murmuró la tía Thelma.

—Pero en realidad es buena. Considerada.

—¡Caramba, Kate! —dijo la tía Thelma como felicitándola.

—Cuida de la gente —prosiguió Piotr—. Atiende a niños pequeños.

—¡Ah! ¿Y piensas seguir así? —le preguntó la tía Thelma a Kate al tiempo que aceptaba el vino.

—¿Qué? —exclamó Kate.

—¿Seguirás en la escuela cuando te cases?

—Ah —dijo Kate. Por un momento había pensado que la tía Thelma le había preguntado cuánto tiempo podría seguir con esa pantomima—. Sí, claro.

—No tiene por qué —afirmó Piotr—. Yo puedo mantenerla. —Hizo un gesto grandilocuente con el brazo y estuvo a punto de tirar su copa. (Por desgracia, él también había optado por el vino)—.

Si quiere, puede dejarlo. ¡O ir a la facultad! ¡A Hopkins! Yo lo pagaré. Ahora es mi responsabilidad.

—¿Qué? —dijo Kate—. ¡No soy tu responsabilidad! Yo soy responsable de mí misma.

La tía Thelma chasqueó la lengua. Piotr se limitó a sonreír a los demás como invitándoles a compartir su diversión.

—Buena chica —dijo inesperadamente el tío Barclay.

—En fin, cuando tengáis niños, la cuestión dejará de ser relevante —dijo la tía Thelma—. ¿Puedo preguntar qué vino es este, Louis?

—¿Eh? —El doctor Battista le echó una mirada angustiada.

—Este vino es delicioso.

—Ah —dijo.

No parecía muy emocionado de oírlo, aunque tal vez fuese el primer cumplido que le dedicaba la tía Thelma.

—Dime, Pioter —dijo la tía Thelma—, ¿Vendrá alguien de tu familia a la boda?

—No —dijo Piotr sin dejar de sonreírle.

—¿Antiguos compañeros de estudios entonces? ¿Colegas? ¿Amigos?

—Tengo amigo del instituto, pero está en California —dijo Piotr.

—¡Ah!, ¿sois amigos cercanos? —preguntó la tía Thelma.

—Está en California.

—Digo… que si querrías que viniese a tu boda.

—No, no, eso sería ridículo. La boda dura cinco minutos.

—Oh, seguro que durará más.

—Es verdad, Thelma —dijo el tío Theron—, han pedido la versión más corta.

—Esas son las ceremonias que me gustan a mí —comentó en tono de aprobación el tío Barclay—. Breves y bonitas.

—Calla, Barclay —le espetó la tía Thelma—. No sabes lo que dices. ¡Es un acontecimiento que solo ocurre una vez en la vida. Por eso me cuesta tanto creer que no nos hayan invitado. —Se hizo un silencio incómodo. Hasta que los instintos sociales de la propia tía Thelma se impusieron y fue la primera en hablar—. Dinos, Kate, ¿qué vas a ponerte? —preguntó—. Me encantaría llevarte de compras.

—Oh, creo que lo tengo todo —respondió Kate.

—Supongo que no albergarías la esperanza de que valiese el vestido que llevó a la boda tu pobre madre...

Kate deseó que, por una vez, la tía Thelma hablase de su madre sin utilizar la palabra «pobre».

Tal vez su padre se sintiera igual porque la interrumpió para preguntar:

—¿No va siendo hora de servir la cena?

—Sí, papá —dijo Kate.

Al levantarse, el tío Theron preguntó a Piotr si podía practicar la religión en su país.

—¿Para qué? —respondió Piotr, con aire sincero.

Kate se alegró de abandonar la sala.

Los hombres habían cocinado después de mediodía: pollo salteado sobre un lecho de jícamas asadas con salsa de pimienta rosa, pues el sirope de arce de la noche anterior no había sido precisamente un éxito. Lo único que tenía que hacer Kate era dejar la bandeja en la mesa y aliñar la ensalada. Mientras iba y venía entre la cocina y el comedor, oyó fragmentos de la conversación en el salón. Oyó al tío Theron pronunciar la frase: «cursillo prematrimonial» y se puso rígida, pero entonces Piotr dijo: «Es muy confuso, no sé cómo se escribe esa palabra», y la tía Thelma aprovechó encantada la ocasión de darle una clase de ortografía y el momento pasó. Kate no supo si Piotr había cambiado de tema a propósito.

Había descubierto que a veces podía sorprenderla. Era arriesgado dar por sentado que no captaría los matices, pues captaba muchos más de los que daba a entender. Además, su acento estaba mejorando. ¿O sería que se estaba acostumbrando? También había empezado a iniciar sus frases con un «Bueno» u ocasionalmente un «Oh». Parecía disfrutar mucho aprendiendo nuevos giros idiomáticos, por ejemplo «poner el carro antes que los bueyes», que había aparecido con frecuencia en sus conversaciones esos últimos días. («Pensaba que habrían empezado las noticias de la noche, pero veo que…» y, después de una pausa, concluía la frase con un triunfal: «he puesto el carro antes que los bueyes».) De vez en cuando, algunas de sus expresiones le parecían extrañamente familiares. Decía «Caray», y «Caramba», y un par de veces «Casi bien». En esos momentos se sentía como alguien que hubiese vislumbrado por accidente su propia imagen en un espejo.

Sin embargo, seguía siendo innegablemente extranjero. Incluso su porte lo era: sus andares eran extranjeros, más erguidos y de zancada más corta de lo normal. Y tenía la tendencia de los extranjeros a hacer cumplidos burdos y evidentes, y a dejarlos a sus pies como haría un gato con un ratón muerto.

—Hasta una idiota se daría cuenta de que buscas algo —decía ella, y él adoptaba una expresión de perplejidad. Al oírlo en el salón, pontificando sobre los peligros ocultos del agua helada, se sintió avergonzada por él y de él y la embargó una mezcla de lástima e impaciencia.

Pero justo en ese momento se oyó el ruido de unos tacones procedente del comedor.

—¿Kate? ¿Necesitas ayuda? —gritó la tía Thelma con voz alta, falsa y penetrante, y un momento después entró por la puerta de la cocina, le pasó el brazo a Kate por la cintura y le susurró con un aliento que olía a vino—: ¡Es un encanto! —Así que era evidente que Kate estaba siendo demasiado crítica—. Con esa tez dorada y los ojos un poco achinados… Y me encanta su pelo pajizo —afirmó su tía—. Debe de tener un poco de tártaro, ¿no crees?

—No tengo ni idea —respondió Kate.

—¿O se dice tátaro?

—De verdad que no lo sé, tía Thelma.

En la cena, la tía Thelma propuso hacerse cargo de la recepción.

—¿Qué recepción? —preguntó Kate, pero su padre la taladró con la mirada. Ella entendió los motivos: una recepción sería muy convincente para los de Inmigración.

«Tengo que admitir que debe tratarse de un matrimonio auténtico —diría el detective en blanco y negro a sus superiores—, porque la familia de la novia lo celebró a lo grande.»

En las fantasías de Kate, los de Inmigración a menudo hablaban como en los años cuarenta.

—Es muy egoísta no dejar que tus amigos y parientes participen de tu felicidad —estaba diciendo la tía Thelma—. ¿Y qué hay de Richard y su mujer? —Richard era el único hijo de la tía Thelma y el tío Barclay, un tipo estirado y muy seguro de sí mismo que trabajaba para un lobby de Washington y tenía la costumbre de hincharse como un pavo y exhalar ruidosamente el aire por la nariz antes de expresar una opinión. A nadie podía importarle menos la felicidad de Kate—. Supongo que si no nos quieres en la ceremonia la decisión es tuya —dijo la tía Thelma—. No me gusta, pero no soy yo la que se casa. Sin embargo, de un modo u otro, deberías dejarnos participar en la ocasión.

Era una especie de chantaje. Kate imaginó a la tía Thelma desfilando delante de la iglesia con una pancarta si no la dejaban celebrar su recepción. Miró a Piotr que seguía esbozando su enorme y esperanzada sonrisa. Miró al tío Theron —saltándose deliberadamente a su padre— y vio que movía la cabeza para animarla.

—Bueno —dijo por fin—. De acuerdo, lo pensaré.

—Genial. Es perfecto porque acabo de reformar el salón —dijo la tía Thelma—. Te gustará la tela satinada de rayas con la que he tapizado los sofás, me ha costado un ojo de la cara, pero ha valido la pena. Y he cambiado la distribución de las sillas y ahora caben unas cuarenta personas. Cincuenta, si me apuras.

—¡Cincuenta personas! —exclamó Kate. Por eso precisamente no quería que su tía fuese a la boda: con ella las cosas siempre acababan descontrolándose—. Ni siquiera conozco a cincuenta personas —le dijo Kate.

—Seguro que sí. Amigas del colegio, vecinos, colegas…

—No.

—¿A cuántos conoces entonces?

Kate se quedó pensativa.

—¿A ocho?

—Kate, solo en la Escuela de Duendecillos hay más de ocho personas.

—Es que no me gustan las multitudes —comentó Kate—. No me gusta relacionarme con gente. Y no me gusta sentirme culpable por no darle conversación.

—Ya —dijo la tía Thelma. Una expresión calculadora recorrió su rostro—. ¿Y qué me dices de una cenita de nada?

—¿Qué es para ti una cenita de nada? —preguntó cansada Kate.

—En mi mesa solo caben catorce, así que no puede ser mucha gente.

A Kate catorce personas seguían pareciéndole muchas, pero era mejor que cincuenta.

—Bueno… —dijo.

—Veamos—terció su padre—: estaríais Pioter y tú, Bunny y yo, Thelma, Barclay y Theron, Richard y su mujer, y tal vez nuestros vecinos, Sid y Rose Gordon, fueron muy amables con nosotros cuando murió tu madre. Y luego… ¿qué te parece…?, no recuerdo cómo se llama.

—¿De quién hablas?

—De tu mejor amiga del instituto, como se llame.

—Ah, Alice. Se ha casado —respondió Kate.

—Estupendo. Puede traer a su marido.

—Pero ¡hace años que no la veo!

—Ah, me acuerdo de Alice. Siempre tan educada… —dijo la tía Thelma—. En fin, ¿cuántos serían así? —Empezó a contar con los dedos—. Nueve, diez…

—Tampoco hace falta cumplir con un mínimo —le dijo Kate.

—Once, doce… —dijo la tía Thelma como si no la hubiese oído—. Trece —concluyó—. Ay, cariño. Trece en la mesa trae mala suerte.

—Tal vez podamos añadir a la señora Larkin —sugirió el doctor Battista.

—La señora Larkin murió —le recordó Kate.

—Vaya.

—¿Quién era la señora Larkin? —preguntó la tía Thelma.

—La mujer que cuidaba de las niñas —respondió el doctor Battista.

—Ah, sí, ¿y murió?

—¡Podemos invitar a Edward! —canturreó Bunny.

—¿Y por qué querrías invitar a tu profesor particular de español a un banquete de boda? —le preguntó malévola Kate.

Bunny se hundió en su asiento.

—Louis —dijo la tía Thelma—, ¿todavía vive tu hermana?

—Sí, pero está en Massachusetts —dijo el doctor Battista.

—O… tendrás que invitar a uno de tus colegas favoritos de la escuela —le dijo Kate a la tía Thelma—. ¿Hay alguien en especial?

Kate imaginó a Adam Barnes mirándola con los ojos tiznados de hollín por encima de la vajilla de porcelana de la tía Thelma.

—No —dijo. Se hizo un silencio. Todos, incluso Piotr y el tío Theron, la miraron con reproche—. ¿Qué hay de malo en que seamos trece a la mesa? —les preguntó—. ¿De verdad sois tan supersticiosos? ¡Yo no quiero a nadie en la mesa! ¡No sé por qué hacemos esto! Pensaba que sería una ceremonia sencilla, con papá, Bunny, Piotr y yo. ¡Todo se ha descontrolado! ¡No sé cómo ha pasado!

—Vamos, vamos, cariño —dijo la tía Thelma. Alargó la mano desde el otro lado de la mesa para dar unas palmaditas en el mantel de Kate, que era el único sitio al que llegaba—. No pasa nada si somos trece —añadió—. Solo intentaba observar las convenciones; no somos supersticiosos. No te preocupes por eso. Nos encargaremos de todo. Díselo, Pioter.

Piotr, que estaba sentado al lado de Kate se inclinó para pasarle el brazo por los hombros.

—No te preocupes, Katia mía —dijo exhalando pimienta rosa en el aliento.

—Qué dulce —murmuró la tía Thelma.

Kate se apartó y cogió su vaso de agua.

—Es solo que no me gusta organizar tanto lío —comentó, y bebió un trago de agua.

—Pues claro —insistió calmándola la tía Thelma—. No será ningún lío, ya lo verás. Louis, ¿dónde está el vino? Sírvele una copa.

—Me temo que se ha acabado.

—No es más que tensión. El nerviosismo de la novia. Oye, Kate, solo quiero hacerte otra preguntita más y me callaré: no os iréis el mismo día de la boda, ¿verdad?

—¿Irnos? —preguntó Kate.

—De luna de miel.

—No.

No se molestó en explicarles que no irían de luna de miel.

—Estupendo —dijo la tía Thelma—. Siempre me ha parecido un error, embarcarse en un largo viaje justo después de la ceremonia. Así podremos celebrar nuestra fiestecita por la tarde. Mucho mejor. Será temprano, porque habréis tenido un día muy agitado. A las cinco o cinco y media tomaremos una copa. No digo más. Cambiemos de tema. ¡Qué pollo tan interesante! ¿Y lo habéis cocinado los hombres? Estoy impresionada. Bunny, ¿tú no quieres?

—¿Soy vegetariana? —respondió Bunny.

—Ah, sí, Richard también pasó por esa fase.

—¿No es una…?

—Gracias, tía Thelma —dijo Kate.

Por una vez, lo decía de verdad. Le consoló de una manera extraña que su tía fuese tan imperturbable.

No era el nerviosismo de la novia.

Era ¿Por qué todo el mundo sigue con esta farsa? ¿Por qué lo permiten? ¿Nadie va a detenerme?

El día anterior, el martes —el día que Kate tenía servicio extra de guardería en la escuela—, volvió a la clase 4 después de meter al último niño en el coche de sus padres, y todas las maestras y las ayudantes se levantaron de un salto de las sillas en miniatura a la voz de «¡Sorpresa, sorpresa!». En el breve instante en que había estado fuera, habían salido de dondequiera que estuviesen escondidas, habían cubierto la mesa de la señora Chauncey con un mantel de papel y habían puesto refrescos, vasos y platos de papel y un parasol de encaje del revés lleno de regalos envueltos en papel de seda sobre la mesa del Lego. Adam rasgueaba su guitarra y la señora Darling celebraba audiencia detrás del cuenco del ponche.

—¿Lo sabías? ¿Te lo habías imaginado? —le preguntaban a Kate.

—No tenía ni idea —respondía ella, y era totalmente cierto—. No sé qué decir —repetía.

Le dieron sus regalos con largas y demoradas explicaciones: habían encargado tazas azules, pero llegaron de color verde; la ensaladera se podía lavar en el lavavajillas; podía cambiar los cuchillos de trinchar, si ya tenía. La sentaron en el sitio de honor —la silla de la señora Chauncey— y le dieron magdalenas rosas y blancas y pastel de chocolate casero. Adam cantó el «Puente sobre aguas turbulentas» y la señora Fairweather le preguntó si tenía una foto de Piotr. (Kate les enseñó la foto del restaurante en su teléfono móvil. Varias dijeron que era guapo.) Georgina quiso saber si lo llevaría a la clase 4 el día de enseña y cuenta, pero Kate respondió: «Oh, está demasiado ocupado con sus investigaciones», a la vez que imaginaba lo mucho que le gustaría que lo exhibiese y cómo habría convertido la ocasión en una especie de circo. Y la señora Bower le aconsejó que le dejara claro desde el principio que debía recoger sus calcetines.

Era como si la viesen de forma diferente. Tenía otro estatus. Había adquirido importancia. De pronto se interesaban por lo que tenía que decir.

Antes no había notado que no la tuviera, y eso la indignó, pero asimismo, por ilógico que pareciera, se sintió más agradecida. Y también una farsante. Era muy confuso.

¿Tendría el matrimonio algún efecto en su período de prueba? Reparó en que desde que anunció el compromiso no habían vuelto a llamarla al despacho de la directora.

Adam le regaló un atrapasueños. El aro era de sauce, dijo. Lo había envuelto en tiras de gamuza, y luego había añadido cuentas como las del que le había regalado a Georgina cuando iba a tener el bebé, y plumas como las del que le había regalado a Sophia.

—Este hueco del centro —dijo, quitándoselo a Kate para explicárselo— se supone que deja pasar los sueños agradables, y la red de fuera se supone que atrapa las pesadillas.

—Es precioso, Adam —dijo Kate.

Él volvió a ponerlo en sus manos. ¿Parecía triste por algo o serían imaginaciones suyas? La miró a los ojos y dijo:

—Kate, quiero que sepas que te deseo lo mejor en la vida.

—Gracias, Adam —respondió ella—. Tus palabras significan mucho para mí.

Ese día el pronóstico era de lluvia, y Kate había ido en coche al trabajo. De vuelta a casa, con las tazas, los tarros y los candelabros chocando unos con otros en el asiento trasero entre los productos de laboratorio de su padre, golpeó el volante con la palma de la mano.

«Gracias, Adam —repitió en voz alta y remilgada—. Tus palabras significan mucho para mí.»

Cerró el puño y se golpeó en la frente.

La tía Thelma le preguntó a Kate si tenía planeado convertirse en Kate Cherbakov (lo pronunció igual que su cuñado).

—Desde luego que no —dijo Kate. Aunque el matrimonio no hubiese sido temporal, estaba en contra de que las novias cambiaran su apellido por el del marido. Y Piotr la tranquilizó al decir:

—No, no, no. —Pero luego añadió—: Será Shcherbakova. Con la terminación femenina porque es una chica.

—Una mujer —dijo Kate.

—Porque es una mujer.

—Conservaré el Battista —le dijo Kate a su tía.

El tío Theron apuntó, tal vez aprovechando el contexto:

—Cuando estábamos en el salón he comentado con Pioter que siempre propongo a las parejas asistir a un cursillo matrimonial antes de la boda.

—¡Oh, qué buena idea! —exclamó la tía Thelma como si fuese la primera vez que la oía.

—No lo necesitamos —dijo Kate.

—Sin embargo, las cuestiones como si piensas cambiar de apellido...

—No se preocupe —dijo apresuradamente Piotr—. No es importante. Es solo una marca de melocotones en conserva.

—¿Cómo?

—Ya nos pondremos de acuerdo —le dijo Kate a todo el mundo—. ¿Quién quiere más pollo?

El pollo no estaba mal, pero la salsa de pimienta rosa tenía un sabor raro. Estaba deseando asaltar sus reservas de cecina de ternera en cuanto volviese a estar sola.

—No sé si te lo habrá dicho Kate —le dijo a Piotr la tía Thelma—, pero soy interiorista.

—¡Ah!

Kate tuvo la sensación de que Piotr no tenía ni la menor idea de qué era una interiorista.

—¿Vais a vivir en una casa o en un piso? —le preguntó la tía Thelma.

—Un piso. Diría yo —respondió Piotr—. Aunque está dentro de una casa. La casa de una viuda; la señora Murphy. El mío es el último piso.

—Pero cuando se casen vendrán a vivir con nosotros —intervino el doctor Battista.

La tía Thelma frunció el ceño. Piotr también.

—¿Con nosotros? —preguntó Bunny.

—No —objetó Piotr—, tengo último piso de la casa de la señora Murphy y no pago el alquiler porque la llevo de la silla de ruedas al coche y le cambio bombillas. Está muy cerca del laboratorio del doctor Battista y veo árboles por todas las ventanas. ¡Esta primavera hay un nido de pájaros! Salón, cocina, dos dormitorios, baño. No tiene comedor, pero hay una mesa en cocina.

—Parece precioso —dijo la tía Thelma.

—No obstante, después de la boda vivirán aquí —insistió el doctor Battista.

—Puedo utilizar jardín de atrás, grande, enorme, gigantesco y soleado jardín de atrás, porque la señora Murphy no puede ir con la silla de ruedas. Planto pepinos y rábanos. Kate también podría plantar. —Se volvió hacia Kate—. ¿Quieres plantar verduras? ¿O solo flores?

—¡Oh! —dijo ella—. Pues, sí, verduras. O eso creo. Nunca he tenido un huerto.

—Pero creía que ya lo habíamos hablado —dijo el doctor Battista.

—Lo hablamos y dije que no —respondió Piotr.

La tía Thelma adoptó una expresión alegre.

—Louis —dijo—, acéptalo. Tu niñita se ha hecho mayor.

—Lo sé, pero el trato era que Pioter y ella vivirían aquí.

—¡No me lo habíais dicho! —exclamó Bunny—. ¡Pensaba que se irían a vivir a casa de Pioter! Creía que podría quedarme con la habitación de Kate. ¿Con el sillón al lado de la ventana?

—Tiene mucho más sentido que vivan aquí —le dijo su padre—. Este caserón es demasiado grande para nosotros solos.

—¿Y qué hay de «Dondequiera que vivieres, viviré»? —preguntó Bunny.

El tío Theron carraspeó.

—En realidad —dijo— esas palabras se refieren a una suegra. La gente no lo sabe.

—¿A una suegra?

—Es todo el último piso de la casa —le dijo Piotr al doctor Battista—. El otro dormitorio es despacho ahora, pero voy a cambiarlo por dormitorio para Kate.

La tía Thelma se irguió alertada. Su marido sonrió y dijo:

—Bueno, dudo mucho que Kate quiera tener su propio dormitorio.

La tía Thelma aguardó la respuesta de Piotr tan concentrada como un perro perdiguero mostrando una perdiz, pero Piotr estaba demasiado ocupado mirando con intensidad al doctor Battista.

Podía ser como la residencia mixta de estudiantes de la facultad, pensó Kate. Le había gustado mucho aquella residencia. Había tenido mucha sensación de libertad, muy natural y desenfadada, y los chicos no eran ligues sino amables conocidos.

Habría querido saber si a Piotr le gustaba el ajedrez. Tal vez Piotr y ella podrían jugar al ajedrez por las noches.

—La culpa la tiene esa canción —comentó el tío Theron—. Dondequiera que vayas… —empezó a cantar con una voz de tenor áspera y ligeramente temblorosa.

—Bunny es demasiado pequeña para estar en casa sin supervisión —le dijo a Piotr el doctor Battista—. Tú mejor que nadie deberías saber que trabajo hasta muy tarde.

Era cierto. Antes de que se dieran cuenta, Bunny llenaría la casa de chicos adolescentes. Kate tuvo una sensación de pérdida al ver el gran, enorme, gigantesco y soleado jardín trasero escapársele de entre los dedos.

—Puedes contratar a alguien —dijo Piotr.

Eso también era cierto. Kate volvió a animarse.

—No puedes negarlo, Louis. ¡Ja! —exclamó la tía Thelma—. Parece que has encontrado la horma de tu zapato.

—Pero… ¡espera! —exclamó el doctor Battista— ¡No es lo que habíamos planeado! Esto es totalmente inesperado.

La tía Thelma se volvió hacia Kate y le dijo:

—Para mí será un placer ir a vuestro apartamento y daros mi opinión gratis. Si es la antigua casa de algún profesor de Hopkins, seguro que tendrá mucho potencial.

—Oh, sí, muchísimo —respondió Kate, porque habría parecido raro si hubiese reconocido que nunca había estado allí.

De postre solo había helado de la tienda, porque ni a Piotr ni al doctor Battista se les había ocurrido otra cosa. Al mirar desazonados a Kate, ella les dijo: «Bueno, veré qué puedo encontrar». Así que, después de comer, fue a la cocina y sacó del congelador un tarro de helado de nuez. Mientras colocaba una hilera de cuencos en la encimera, la puerta del comedor se abrió y entró Piotr. Fue a su lado y le dio con el codo en las costillas.

—Para —le dijo ella.

—Va bien, ¿no? —le susurró al oído Piotr—. ¡Creo que les gusto!

—Si tú lo dices… —respondió, y empezó a servir el helado.

Entonces él le pasó el brazo por la cintura, se la acercó y la besó en la mejilla. Por un momento, ella no se resistió; su brazo le inspiraba confianza y su olor a hierba fresca era muy agradable. Pero luego dijo:

—¡Eh! —Se apartó y se volvió para enfrentarse a él—: Piotr —dijo con severidad—. Recuerda lo que hemos acordado.

—Sí, sí —dijo, y dio un paso atrás con las palmas de las manos abiertas—. Nadie estará loco por nadie. ¿Te ayudo a llevar los cuencos?

—Sí, por favor —le pidió ella, y Piotr cogió los dos que Kate había llenado primero y salió de espaldas por la puerta de vaivén hacia el comedor.

Era cierto que parecía gustarles. Kate lo notó mientras comían el helado; el tío Barclay le preguntó si en su país había fondos de riesgo, el tío Theron le preguntó si había helados, la tía Thelma se inclinó hacia él y le dio a entender que podía llamarla «tía Thelma». (Que él enseguida acortó a «tía Thel», o más exactamente a «tía Sel».) El doctor Battista estaba muy callado desde la conversación sobre dónde vivirían, pero los tres invitados parecían muy contentos.

No era raro. Se alegraban de librarse de ella.

Siempre había sido problemática: una niña difícil, una adolescente hosca, un fracaso como estudiante. ¿Qué harían con ella? Ahora habían encontrado la respuesta: casarla y que se marchase. No lo habrían dudado ni un instante.

Así que, cuando el tío Theron le recordó que Piotr y ella tendrían que solicitar una licencia matrimonial, respondió picada:

—Sí, papá y Piotr ya se han encargado. Y papá tiene unos impresos para Inmigración que tengo que cumplimentar.

Y recorrió desafiante la mesa con la mirada.

Eso debería haber hecho sospechar a su tía y a sus tíos, pero el tío Theron se limitó a asentir con la cabeza y todos siguieron charlando. Era mucho más cómodo fingir que no la habían entendido.

«¡Esperad! —quiso decirles—. ¿No os parece que valgo algo más? ¡No debería seguir adelante con esto! Me merezco un verdadero amor. Alguien que me quiera y que piense que soy un tesoro. Alguien que me cubra de flores, poemas y atrapasueños.»

Pero no dijo nada y se dedicó a remover el helado en su cuenco.

9

Un par de días antes de la boda, Piotr fue en coche a la casa después del trabajo para que Kate y él pudieran cargar sus cosas. No es que fuesen muchas: solo la ropa de su cómoda, que cabía en un par de maletas, una caja de cartón con los objetos que le habían regalado por la boda y un portatrajes con las prendas que colgaban en el armario. Las maletas y la caja de cartón cupieron de sobra en el maletero de Piotr, que colocó el portatrajes extendido sobre el asiento trasero.

Bunny saludó con tibieza a Piotr y se fue a alguna parte; el doctor Battista seguía en el laboratorio. Kate sospechaba que se quedaba allí para dejar las cosas claras. Desde que habían tomado la decisión sobre lo de la nueva casa se mostraba muy distante.

Piotr vivía en una de esas viejas y enormes residencias de profesores de la facultad a muy poca distancia del campus de Johns Hopkins, un edificio de tablones blancos y persianas verdes descoloridas. Aparcó al lado del bordillo, pese a que había un camino de entrada a un lado. Le dijo a Kate que no estaba autorizado a bloquearle la salida a la señora Liu; la señora Liu cuidaba de la señora Murphy.

Trasladaron las pertenencias de Kate a la casa en un solo viaje;

Kate arrastró las maletas, Piotr cargó con la caja de cartón y se echó el portatrajes al hombro. Al llegar al porche, dejó la caja en el suelo y abrió la puerta principal.

—Después de subir cosas, vamos a visitar señora Murphy —le dijo—. Está deseando conocerte.

—¿No le importa que me mude así sin más? —se le ocurrió preguntar a Kate. (Un poco tarde, por cierto.)

—Le da igual. Solo le preocupa que dentro de poco quieras que nos mudemos a nuestra propia casa.

Kate soltó un resoplido. Sin duda la señora Murphy la había tomado por la típica ama de casa con un delantal fruncido.

El vestíbulo era oscuro y olía a humedad. Un enorme espejo con el marco dorado se alzaba sobre un aparador de caoba con garras en las patas, y las puertas a ambos lados estaban cerradas, lo que tranquilizó a Kate. No tendría que saludar a las dos mujeres cada vez que entrara o saliese. Además, se notaba que el resto de la casa no era tan oscuro. Las escaleras de delante resplandecían con el sol de última hora de la tarde que se colaba por la ventana de arriba, de modo que cuanto más subían Piotr y él más iluminadas estaban.

El rellano del primer piso estaba enmoquetado, pero en el último piso —donde debían de estar antaño las habitaciones de los criados, supuso Kate— el suelo era de tablones de pino con zócalos de madera de color miel en lugar de la madera oscura del resto de la casa. A Kate le pareció un alivio. En el vestíbulo no había puerta, pero estaba lo bastante alto para que no se oyesen los ruidos de abajo. Supo que allí tendría intimidad.

Piotr la llevó a la derecha hasta una habitación al fondo del pasillo.

—Esta será la tuya —le dijo. Se apartó para dejarla entrar y luego la siguió. Era evidente que hasta entonces había sido su despacho. A un extremo se encontraba un enorme escritorio con material informático y al otro un sofá cama con una funda de terciopelo con un chillón estampado de leopardo. Cerca de la ventana había una cómoda, pequeña y antigua pero adecuada para las necesidades de Kate, y en el rincón una anticuada butaca con faldón y una otomana—. Pondremos escritorio en cuarto de estar —le dijo Piotr—. Dejó la caja de cartón sobre la cómoda y fue al armario a colgar el portatrajes. —Después buscaremos escritorio más pequeño, por si vuelves a ser estudiante.

—¡Ah! Bueno. Gracias, Piotr.

—La señora Murphy cree que a lo mejor puede darnos escritorio. Tiene muchos muebles.

Kate dejó las maletas en el suelo y fue a asomarse a la ventana. Debajo estaba el jardín trasero, verde, alargado y rodeado de arbustos, algunos de los cuales le parecieron rosales. Nunca había tenido luz suficiente para cultivar rosas. Al otro extremo del jardín, justo al lado de la cerca, vio un rectángulo de tierra cavada que debía de ser el huerto de Piotr.

—Ven a ver el resto de apartamento —dijo Piotr.

Volvió a la puerta, pero se apartó para dejarla salir, y al pasar a su lado notó Kate con mucha intensidad su proximidad física. Por mucho que se hubiese convencido de que este apartamento sería como una residencia mixta de estudiantes, de pronto reparó en que viviría sola con un hombre, y cuando él cruzó el pasillo para abrir otra puerta y decir: «Mi cuarto», Kate apenas se asomó un instante (una cama doble, una mesilla…) y se apartó. Piotr pareció notar su incomodidad, porque cerró la puerta enseguida.

—El baño —dijo, señalando hacia la puerta al fondo del pasillo, aunque no le sugirió que entrara—. Solo hay uno, siento que tengamos que compartirlo.

—Oh, da igual, en casa lo comparto con dos personas —dijo y soltó una risita, aunque él no se rió.

Luego la llevó al cuarto de estar, donde había solo un sofá desvencijado, una mesita de café que imitaba la madera y un antiguo televisor de tubo catódico sobre un carrito metálico con ruedas.

—El sofá parece viejo, pero es blando —dijo Piotr, y se quedó contemplando el mueble con atención; en la sala no había nada más, pero no hizo ademán de irse—. Una vez en instituto —dijo— fui a casa de compañero para hacer un trabajo. Dormí ahí. En mi cama oí hablar a sus padres en piso de abajo. Ese compañero no era niño huérfano sino normal. —Kate lo miró con curiosidad—. Oí solo las voces de los padres, no las palabras. Los padres estaban en el salón. La mujer dijo: «¿Bis, bis, bis?». Marido dijo: «Bis». Mujer dijo: «¿Bis, bis, bis, bis?». Marido dijo: «Bis, bis». —Kate no tenía ni idea de adónde quería ir a parar. Por fin Piotr dijo—: ¿Querrías sentarte de vez en cuando en este salón conmigo? Dirías: «¿Bis?». Y yo respondería: «Bis, bis».

—O tú podrías decir: «¿Bis?» y yo diría: «Bis, bis» —sugirió Kate. Dando a entender que no veía por qué ella tenía que ser la dubitativa y él el más seguro de sí mismo, aunque notó que no la entendía. La miró con la frente fruncida—. Claro —dijo ella por fin—. Podemos sentarnos aquí de vez en cuando.

—¡Genial! —exclamó Piotr, resopló con fuerza y esbozó una sonrisa.

—¿La cocina? —le recordó Kate.

—Cocina —dijo él y señaló hacia la puerta.

La cocina estaba en la parte de atrás de la casa, cerca del rellano. En otro tiempo debía de haber sido una despensa; las paredes estaban forradas de cedro, todavía levemente aromático. Tenía un no sé qué de los años cincuenta que la hacía extrañamente atractiva: unos armarios metálicos blancos oxidados, una encimera pelada de Formica, una mesa de madera lacada en blanco y dos sillas rojas.

—Es bonita —dijo Kate.

—¿Te gusta?

—Sí.

—¿Te gusta toda la casa?

—Sí.

—Sé que no es muy elegante.

—Es muy agradable. Muy cómoda —dijo ella con sinceridad. Él volvió a resoplar.

—Ahora vamos a ver señora Murphy —dijo.

Se apartó para dejarla salir y dejó más espacio de la cuenta como para dejar claro que no se hacía ilusiones con ella. Estaba claro que Kate no había sabido ocultar su incomodidad.

La señora Murphy era una mujer corpulenta y de cabello cano que llevaba un vestido de encaje y zapatos ortopédicos. La señora Liu era pequeña y nervuda, y como ocurre con muchas ancianas asiáticas su ropa parecía masculina: camisa de faena caqui sin remeter, pantalones rectos de color marrón y deportivas de un blanco deslumbrante. Las dos parecían incrustadas entre los sillones cubiertos con tapetes, las mesitas y los estantes de cachivaches y solo asomaron poco a poco, la señora Liu empujó la silla de ruedas de la señora Murphy unos segundos después de que Piotr y Kate cruzaran el umbral.

—¿Esta es nuestra Kate? —preguntó la señora Murphy.

A Kate le pareció tan improbable que ella pudiera ser «nuestra Kate» que estuvo a punto de volverse para ver si se refería a otra persona. Pero la señora Murphy extendió las manos y la obligó a acercarse para tomarlas entre las suyas Las manos de la señora Murphy eran grandes y tenían los dedos gruesos y carnosos. En realidad toda ella era tan grande que Kate se preguntó cómo se las arreglaba Piotr para levantarla.

—Eres exactamente como te describió Pioter —dijo la señora Murphy—. Pensábamos que estaba tan enamorado que exageraba. ¡Bienvenida, querida Kate! Bienvenida a tu nuevo hogar.

—Bueno…, gracias —dijo Kate.

—¿Ya te ha enseñado la casa?

—Le he enseñado todo menos jardín —dijo Piotr.

—Ah, tienes que ver el jardín, claro —dijo la señora Murphy a la vez que la señora Liu decía:

—Pero flores, ¿no? ¡Este Pioter todo útil! ¡Pepinos, coles, rábanos! No poesía —aunque el acento de la señora Liu era muy distinto del de Piotr, parecía compartir sus dificultades gramaticales.

—No tiene poesía —la corrigió Piotr. (Al menos Piotr manejaba mejor los verbos)—. Kate plantará verduras y flores. Algún día tal vez será botánica.

—¡Bien! Tú también deberías ser botánica, Pioter. Salir a tomar el sol. ¿Ves qué pálido? —le preguntó a Kate la señora Liu—. ¡Es como champiñón!

Kate sospechó que si la señora Liu hubiese estado más cerca de Piotr le habría dado un codazo. De hecho, las dos mujeres lo miraban con afecto y regocijo y era evidente que a Piotr le gustaba. Esbozó una media sonrisa y miró de soslayo a Kate como para asegurarse de que valoraba su posición en la casa.

—Bueno, ¡basta de hablar de nuestro hombre champiñón! —anunció la señora Murphy—. Kate, tienes que decirnos qué necesitas para el apartamento. Además de un escritorio, claro; eso ya lo sabemos. Pero ¿qué me dices de la cocina? ¿Había suficientes utensilios?

—¡Oh, sí! —dijo Kate. No había abierto un solo cajón, pero sintió la necesidad de estar a la altura de las expectativas de la señora Murphy—. Todo está estupendo —dijo.

—Debería mirar en nuestra cocina para ver si hay cosas repetidas —le dijo la señora Murphy a la señora Liu. Al volverse se le resbaló un pie de la silla y Piotr se agachó sin que ella se diera cuenta para volver a ponerlo en su sitio—. Sé que tenemos al menos dos batidoras eléctricas —siguió diciendo—. La fija y la manual. No nos hacen falta dos.

—Es posible… —dijo la señora Liu en tono dubitativo.

—Ahora iremos a ver jardín —decidió Piotr—. Hablaremos de batidoras en otro momento.

—Muy bien, Pioter. ¡Ven a visitarnos otro rato, Kate! Y no dudes en decirnos si te falta alguna cosa.

—Claro —dijo Kate—. Gracias. Y luego, evidentemente, todavía bajo el hechizo de la idea que se había formado de ella la señora Murphy, se adelantó y volvió a darle las dos manos.

—¿Te han caído bien? —preguntó Piotr al llegar al porche.

—Me han parecido encantadoras —respondió Kate.

—Tú les has gustado.

—¡Pero si no me conocen!

—Te conocen. —Se adelantó y rodeó la casa en dirección a la cerca de madera que separaba el jardín delantero del trasero—. En garaje —dijo— están herramientas. Te enseñaré dónde escondo llave.

Levantó el pestillo y se apartó para dejarla pasar. Una vez más, dejó más sitio del necesario, pero en esa ocasión a Kate se le ocurrió que tal vez lo hiciese también por sí mismo y no solo por ella. Por algún motivo, ambos parecían sentir cierta timidez en presencia del otro.

10

La mañana de su boda, Kate abrió los ojos y encontró a Bunny sentada a los pies de la cama.

—¿Quieres asegurarte de que no me llevo el sillón de al lado de la ventana? —preguntó, aunque Bunny ni siquiera lo había mirado. Estaba sentada con las piernas cruzadas y su pijama de niña pequeña, observando con intensidad a Kate como si quisiera despertarla.

—Oye —le dijo a su hermana—. No tienes por qué seguir con esto. —Kate alargó el brazo para apoyar la almohada en el cabezal de la cama. Miró el cielo fuera, la luz era tan blanca que pensó si no iría a llover, aunque el pronóstico daba buen tiempo. (La tía Thelma les había transmitido el pronóstico meteorológico toda la semana porque tenía la esperanza de servir unas copas en el patio antes del «banquete nupcial», como se empeñaba en llamarlo)—. Ya sé que crees que solo estás cumpliendo con un trámite para engañar a los de Inmigración —dijo Bunny—, pero ¡ese tío empieza a comportarse como si fueses de su propiedad! Te dice cuál va a ser tu apellido, dónde viviréis y si tendrás que dejar el trabajo. No sé, no me importaría tener una habitación más grande, pero si el precio es ver a mi única hermana dominada y convertida en una persona distinta…

—¡Eh, Bun-Buns! —respondió Kate—. Te lo agradezco, pero ¿tan poco me conoces? Puedo manejar esto. Créeme, no es como si hubiese entregado mi vida entera a un… oligarca, después de todo.

—Un…

—No me dejo dominar tan fácilmente. Confía en mí: puedo controlarlo con una mano atada a la espalda.

—Bueno —dijo Bunny—. Está bien. Si te divierte discutir y pelearte allá tú. ¡Pero tendrás que pasarte el día riñendo! Nadie ha pensado en cuál es el plazo antes de divorciarse, pero será como mínimo de un año y todo ese tiempo tendrás que compartir apartamento con alguien que no dice gracias ni por favor, que no sonríe cuando debe y que cree que «¿Qué tal estás?» significa «¿Qué tal estás?», y además se acerca demasiado al hablar y nunca dice «Creo que tal vez tal y cual» sino «Te equivocas», «No es así» o «Es idiota»; para él no hay grises, solo blanco y negro y «mi palabra va a misa».

—En parte es debido al idioma —lo disculpó Kate—. No siempre puedes perder el tiempo diciendo «Por favor» y «tal vez» cuando te estás esforzando en transmitir un mensaje elemental.

—Y lo peor es —continuó Bunny como si Kate no hubiese hablado— que seguirás igual que aquí: viviendo con un científico chiflado que tiene un «sistema» para cada cosa que hace y te suelta sus teorías sobre la salud como si fuese un viejo y mide los polifenoles o como se llame de todas las comidas.

—No es verdad —objetó Kate—. Será muy diferente. ¡Piotr no es papá! Se nota que escucha a la gente, presta atención. ¿Y no oíste lo que dijo la otra noche a propósito de que a lo mejor me gustaría volver a la universidad? ¿A quién más se le ha ocurrido? ¿Qué otra persona se ha parado a pensar en mí? En esta casa soy solo parte del mobiliario, alguien que no va a ninguna parte y que dentro de veinte años será la hija soltera que lleva la casa de su padre. «Sí, papá; no, papá; no olvides la medicina, papá.» ¡Es mi oportunidad de dar un giro a mi vida, Bunny! ¡De cambiarla de verdad! ¿Me culpas por eso? —Bunny la miró dubitativa—. Pero gracias —recordó añadir Kate, y se inclinó hacia delante y le dio una palmadita a Bunny en los pies—. Eres muy amable al preocuparte.

—De acuerdo —dijo Bunny—. No digas que no te avisé.

Hasta que su hermana salió de la habitación, Kate no reparó en que Bunny no había terminado ninguna de sus frases con un interrogante.

Era raro que su padre estuviese en casa de día. Cuando Kate bajó, lo encontró sentado a la mesa del desayuno, con una taza de café al lado del codo y el periódico abierto.

—Buenos días —dijo Kate, él alzó la vista y se ajustó las gafas.

—¡Ah! Buenos días —respondió—. ¿Te has enterado de lo que pasa?

—¿Qué? —le preguntó Kate, pero su padre debía de referirse a las noticias en general porque se limitó a mover la mano desesperanzado en dirección al periódico y empezó a leer otra vez.

Llevaba un guardapolvo encima de otro. A ella le dio igual, pero cuando Bunny entró en la cocina exclamó:

—¡No estarás pensando en ir así a la iglesia!

—¿Hum? —dijo su padre y pasó la página del periódico.

—¡Debes demostrar cierto respeto, papi! Es un lugar de culto; me da igual si crees o no. Al menos tienes que ponerte una camisa y unos pantalones.

—Es sábado —dijo su padre—. No habrá nadie, solo tu tío y nosotros.

—¿Qué foto será esa para los de Inmigración? —preguntó Bunny, que sabía ser sorprendentemente astuta si la ocasión lo requería—. Tú con ropa de trabajo. Parecerá muy evidente, ¿no crees?

—¡Ah! Sí, no te falta razón —respondió. Soltó un suspiro, dobló el periódico y se puso en pie.

La propia Bunny se había puesto el vestido de verano con alas de ángel, y Kate —impulsada por la sensación de que se lo debía al tío Theron— había optado por un vestido azul claro de algodón que tenía de cuando iba a la universidad. No estaba acostumbrada a llevar colores pálidos y tenía la incómoda sensación de estar llamando la atención; dudaba si no estaría dando la nota. No obstante, Bunny no parecía haber puesto objeciones. Al menos no la había criticado.

Kate sacó un cartón de huevos de la nevera y le preguntó a Bunny:

—¿Quieres una tortilla?

—No, me voy a preparar un zumo —respondió Bunny.

—No te olvides de limpiar después. La última vez que preparaste uno dejaste la cocina hecha un desastre.

—Estoy deseando —dijo Bunny— que te marches para dejar de notar tu aliento en el cogote.

Estaba claro que había olvidado su preocupación por dejar de ver a su única hermana. Unos días antes, Kate había contratado a una tal señora Carroll para que fuese por las tardes a limpiar un poco y hacer compañía a Bunny hasta que volviese a casa el doctor Battista. La señora Carroll era tía de Tayeema, la asistenta de la tía Thelma. Al principio, la tía Thelma propuso a la hermana pequeña de Tayeema, pero Kate quería a alguien con más experiencia y a quien Bunny no pudiera enredar. «Es mucho más lianta de lo que parece», le advirtió Kate a la señora Carroll, y la señora Carroll respondió: «Entiendo; sí, desde luego».

Después de desayunar, Kate volvió a subir y metió las últimas cosas en una bolsa de tela. Luego cambió las sábanas para Bunny. Pensó que ese cuarto tendría un aspecto muy distinto cuando lo viese la próxima vez. Habría fotos y postales asomando alrededor del espejo, cosméticos amontonados sobre la cómoda y ropa tirada por el suelo. La idea no la perturbó. Tenía la sensación de haber acabado con aquella habitación. De haber acabado con aquella vida. Y, cuando Piotr consiguiera el permiso de residencia, ella no volvería a casa, por mucho que fantaseara su padre. Encontraría un sitio para ella sola, aunque solo pudiera permitirse alquilar una habitación en alguna parte. A lo mejor a esas alturas ya tendría su título; tal vez tuviese otro trabajo.

Metió sus sábanas en el cesto de la ropa sucia. Ahora eran responsabilidad de la señora Carroll. Fue a buscar la bolsa de lona y volvió abajo.

Su padre esperaba en el salón, sentado en el sofá dándose golpecitos con los dedos en las rodillas. Se había puesto el traje negro; ya que tanto le habían insistido, había optado por lo mejor que tenía.

—¡Ah, estás ahí! —dijo al verla entrar, luego se puso en pie y añadió en otro tono de voz—: Cariño.

—¿Qué? —preguntó ella, porque le pareció que estaba a punto de anunciarle algo.

Sin embargo, su padre se limitó a soltar un:

—¡Ay…! —Luego carraspeó y dijo—: Pareces una adulta.

Kate se quedó perpleja: acababa de verla unos minutos antes exactamente con el mismo aspecto que ahora.

—Lo soy —respondió.

—Sí —admitió su padre—, pero es sorprendente, ¿sabes?, porque me acuerdo de cuando naciste. Ni tu madre ni yo habíamos tenido nunca un bebé en brazos y tu tía tuvo que enseñarnos.

—¡Ah! —dijo Kate.

—Y ahora, mírate con tu vestido azul.

—Bueno, es un vestido viejo y lo has visto un millón de veces —dijo Kate—. No le des tanta importancia.

Pero se alegró, muy a su pesar. Sabía lo que intentaba decirle.

Se le pasó por la imaginación que si su madre también lo hubiera sabido —si hubiese sido capaz de interpretar las señales— la vida de los cuatro habría podido ser mucho más feliz.

Por primera vez, se le ocurrió que ella también estaba aprendiendo a interpretar mucho mejor las señales.

Su padre se puso al volante, porque ir de acompañante le ponía nervioso. Tenían un Volvo viejo con incontables rozaduras en los parachoques de las otras ocasiones en que había conducido y el asiento de atrás estaba cubierto con la parafernalia de sus tres vidas: un mandil de laboratorio de goma, una pila de revistas, un póster de cartulina con la letra C y el abrigo de Bunny. Kate tuvo que sentarse allí porque Bunny se instaló en el asiento de delante antes de que pudiera darse cuenta. Cuando el coche se detuvo de golpe en un semáforo en York Road la mitad de las revistas cayeron sobre los pies de Kate. La autopista habría sido más fácil, y también más rápida, pero a su padre no le gustaba tener que estar atento a las salidas.

«Rododendros, 3 por 25 dólares», leyó al pasar por el centro de jardinería donde iba a veces a comprar, y de pronto deseó estar allí, haciendo los recados como cualquier mañana de sábado. Al final había salido el sol y por el modo lento y soñoliento en que se deslizaba la gente por las aceras se notaba que la temperatura era perfecta.

Tenía la sensación de no poder llenar de aire los pulmones.

La iglesia del tío Theron se llamaba capilla consolidada de Cockeysville. Era un edificio de piedra gris, con un campanario en miniatura en el tejado —una especie de campanario abreviado— y se hallaba justo detrás de la parte de York Road donde estaban las tiendas de antigüedades y de artículos de segunda mano. El Chevrolet del tío Theron era el único coche del aparcamiento. El doctor Battista aparcó a su lado, apagó el motor y apoyó un momento la frente contra el volante, como hacía siempre que se las arreglaba para llevarlos a alguna parte.

—Todavía no hay noticias de Pioter —dijo cuando por fin alzó la vista. Esa mañana Piotr se había encargado de hacer la ronda matutina por el laboratorio—. ¿Lo veis? —había dicho antes el doctor Battista—. A partir de ahora tendré un yerno fiable que me sustituya.

No obstante, luego había sacado a relucir varios detalles que temía que podían pasársele por alto a Piotr. En dos ocasiones, antes de salir de casa le había dicho a Kate: «¿Le llamo para preguntar cómo va todo?», pero después se había respondido a sí mismo: «No, da igual. No quiero interrumpirlo». Tal vez no hubiese sido solo por su alergia al teléfono, sino también por el reciente cambio en su relación con Piotr. Aún no se le había pasado el disgusto.

Fueron a la parte de atrás del edificio, tal como les había dicho el tío Theron, y llamaron a una sencilla puerta de madera que parecía dar a una cocina. Los cristales de la puerta tenían cortinas de cuadros blancos y azules. Al cabo de un momento alguien apartó los cuadros a un lado y apareció el rostro redondo del tío Theron, que sonrió y les abrió la puerta. Kate se conmovió al ver que se había puesto traje y corbata… como si fuese una boda de verdad.

—Felices nupcias —dijo él.

—Gracias.

—Acabo de hablar por teléfono con tu tía. Supongo que esperaba, contra toda esperanza, que la invitaseis a última hora, pero ha dicho que quería saber si Pioter tenía algo en contra del champán.

—¿Por qué iba a tenerlo?

—Ella cree que tal vez cuente con que haya vodka.

Kate se encogió de hombros.

—No que yo sepa —dijo.

—A lo mejor cree que querrá romper el vaso en la chimenea o algo así —dijo el tío Theron. Kate reparó en que era mucho más socarrón cuando no estaba en su presencia de su hermana—. Pasad a mi despacho —dijo—. ¿Sabe Pioter que tiene que llamar a la puerta trasera?

Kate le echó una mirada a su padre.

—Sí, se lo dije yo —respondió él.

—Podemos ir viendo los votos mientras esperamos. Sé que acordamos reducirlo todo al mínimo, pero quiero enseñaros las distintas posibilidades para que sepáis qué vais a prometer. —Los condujo por un pasillo estrecho hasta una salita pequeña llena de libros. Los volúmenes abarrotaban los estantes y se amontonaban en el escritorio, en los asientos de las dos sillas plegables e incluso en el suelo. Solo la silla giratoria de detrás de la mesa estaba utilizable, pero el tío Theron debió de pensar que sería una grosería sentarse y dejar que ellos siguieran de pie. Se apoyó en el borde de su escritorio, cogió un libro de lo alto del montón y lo abrió por una página manoseada—. Empecemos por el principio —dijo siguiendo una línea con el dedo—. «Queridos amigos, estamos aquí…» Supongo que no tenéis nada que objetar a eso.

—No, está bien.

—¿Y queréis que pregunte: «¿Quién entrega a esta mujer?»?

El doctor Battista tomó aliento para responder, pero Kate saltó con un: «¡No!» y ni siquiera oyó lo que quiera que hubiese pensado decir.

—Y, conociendo a Kate, supongo que podemos pasarnos sin la promesa de obedecer…, je, je. Bueno de hecho casi nadie incluye ya lo de «obedecer» en estos tiempos. Pasaremos directamente a «En lo bueno o en lo malo». ¿Eso os parece bien?

—Oh, claro —dijo Kate.

Era un detalle por su parte ser tan complaciente, pensó. No había dicho una palabra sobre la conocida falta de religiosidad de los Battista.

—Os sorprendería la de cosas que quieren omitir hoy las parejas —dijo el tío Theron cerrando el libro y dejándolo a un lado—. Por no hablar de los votos que escriben ellos mismos: algunos no los creeríais. Cosas como: «Prometo no hablar más de cinco minutos al día sobre las monerías que ha hecho el perro».

—Bromeas —dijo ella.

—Me temo que no.

Kate pensó si podría hacer que Piotr prometiera dejar de citar proverbios.

—¿Y qué hay de las fotografías? —quiso saber el doctor Battista.

—¿Qué pasa con las fotografías? —preguntó el tío Theron.

—¿Puedo tomar alguna? ¿Durante los votos?

—Supongo que sí —dijo el tío Theron—. Pero serán unos votos muy breves.

—Da igual. Solo quiero tener, ya me entiendes, un testimonio. Y tal vez después puedas hacernos una de los cuatro juntos.

—Por supuesto —dijo el tío Theron. Miró el reloj—. ¡Bueno! Lo único que falta es el novio.

Kate sabía que eran ya las once y veinte porque acababa de mirar la hora. Habían quedado a las once. Pero su padre dijo con confianza:

—Ya vendrá.

—¿Traerá la licencia?

—La tengo yo. —El doctor Battista la sacó del bolsillo de la chaqueta y se la dio al tío Theron—. El lunes pondremos en marcha el papeleo con los de Inmigración.

—Bueno, vayamos a la capilla, donde podréis esperar más cómodos, ¿de acuerdo?

—Tienen que estar casados antes de solicitarlo —dijo el doctor Battista—. Tiene que ser un *fait accompli*, claro.

—¿Conocéis a la señorita Brood? —preguntó el tío Theron. Se había detenido ante otra puerta que había en el pasillo. Una mujer pálida de unos cuarenta y tantos, con el cabello rubio y corto recogido de manera infantil con una horquilla de plástico azul, alzó la mirada de la mesa y les sonrió—. La señorita Brood es mi mano derecha —les comentó—. A veces viene los siete días de la semana, y eso que su trabajo es solo a tiempo parcial. Avis, estos son mi nieta Kate, que va a casarse hoy, su hermana Bunny y mi cuñado, Louis Battista.

—Enhorabuena —dijo la señorita Brood, levantándose de la silla. Por alguna razón su piel se había puesto de color rosa intenso. Era de esas personas que parecen al borde de las lágrimas cuando se ruborizan.

—Cuénteles por qué le pusieron Avis —dijo el tío Theron. Luego, sin esperar a que hablase, les dijo—: Nació en un coche de alquiler.

—¡Oh, reverendo Dell! —exclamó la señorita Brood con una risa vibrante—. No creo que les interese.

—Fue un nacimiento inesperado —continuó el tío Theron—. Inesperado por su rapidez, claro. Como es lógico, el nacimiento sí lo esperaban.

—¡Por supuesto! No es que mamá planeara tenerme en el coche —dijo la señorita Brood.

—Gracias a Dios no era un Hertz —dijo el doctor Battista.

La señorita Brood soltó otra risa vibrante, pero siguió mirando al tío Theron. Se toqueteó las cuentas de cristal que llevaba al cuello.

—Bueno, sigamos… —dijo el tío Theron.

La señorita Brood continuó sonriendo mientras volvía a sentarse después de pasarse la mano por la parte de atrás de la falda. El tío Theron llevó a los demás por el pasillo.

La capilla, que Kate había visto en varias lejanas navidades y Domingos de Pascua, era un espacio de aspecto moderno, con una moqueta beis de pared a pared, ventanas normales y reclinatorios de madera amarillenta.

—¿Por qué no os sentáis? —les dijo el tío Theron—, yo volveré a mi despacho donde puedo oír si llama Pioter.

Kate llevaba un rato preocupada por si no oían a Piotr llamar a la puerta, así que se alegró al verlo marchar. Además, si se quedaban solos no tendrían que darle conversación. Podrían esperar en silencio.

Escuchó con mucha atención los pasos de su tío que se alejaban por el pasillo, porque tenía curiosidad por saber si se detendrían o al menos se ralentizarían al acercarse a la puerta de la señorita Brood. Pero no: pasó de largo sin hacer caso.

—En esta iglesia nos casamos vuestra madre y yo —dijo el doctor Battista.

Kate se sobresaltó. Nunca se le había ocurrido preguntarle dónde se habían casado.

—¿De verdad, papi? ¿Fue una gran boda con damas de honor? —preguntó Bunny.

—¡Oh, sí! Sí, se empeñó en pasar por toda la puñetera farsa —respondió él—. A Theron acababan de destinarlo aquí como coadjutor, así que ofició él la ceremonia. Mi hermana vino desde Massachusetts y se trajo a mi madre. En aquel entonces aún vivía, aunque no tenía muy buena salud, pero, oh, fue «Tiene que venir toda la familia» y «¿Es que no tienes amigos? ¿Colegas?». Creo recordar que el padrino fue mi alumno de posdoctorado.

Se puso en pie y empezó a ir y venir por el pasillo central. Siempre que tenía que pasar un rato sentado se ponía nervioso. Kate miró hacia el púlpito, que estaba construido con la misma madera amarillenta que los reclinatorios. En lo alto había abierto un libro gigantesco, presumiblemente una Biblia, con varias cintas rojas colgando y enfrente un altar de madera con un jarrón de tulipanes blancos sobre un tapete. Intentó imaginar a su madre vestida de novia y una versión más joven y menos remilgada de su padre, pero lo único que logró convocar fue la imagen de un triste y desvaído vestido largo y blanco al lado de un doctor Battista calvo y encorvado que miraba el reloj de pulsera.

Bunny recibió un mensaje de texto. Kate reconoció el sonido como el silbo de un pájaro. Bunny sacó el teléfono del bolso, lo miró y soltó una risita.

Su padre se detuvo detrás de uno de los reclinatorios y sacó un folleto del estante de los devocionarios. Lo leyó, le dio la vuelta, volvió a dejarlo en el montón y continuó yendo y viniendo.

—Espero que no haya pasado nada malo en el laboratorio —le dijo a Kate la siguiente ocasión en que pasó a su lado.

—¿Qué puede haber ocurrido? —preguntó ella.

Quería saberlo sinceramente, porque cualquier cosa sería preferible a que Piotr decidiera que casarse con ella era demasiado desalentador por muchas ventajas que tuviese. «No valía la pena —le pareció oírle decir—. ¡Una chica muy difícil! Muy maleducada.»

Pero lo único que respondió su padre fue:

—Cualquier cosa. De todo. ¡Oh, tuve la premonición de que no debía dejarlo en manos de Pioter! Sé que es un hombre muy capaz, pero después de todo no es igual que yo.

Luego siguió andando hacia la parte de atrás de la iglesia.

Bunny estaba tecleando un mensaje de texto. «Clic-clic-clic», tan deprisa como si fuesen las teclas del telégrafo en una película antigua, con los dos pulgares y sin apenas mirar a la pantalla.

Por fin, reapareció el tío Theron.

—Bien… —dijo desde la puerta. Fue hasta el banco donde estaban sentadas Bunny y Kate, y el doctor Battista dio media vuelta para acudir a su encuentro—. ¿Pioter tiene que venir desde muy lejos? —preguntó el tío Theron.

—Desde mi laboratorio —respondió el doctor Battista.

—¿Se rige por la hora oficial de otro país?

Miró a Kate al preguntarlo.

—¿La hora oficial…? No sé, es posible. No estoy segura.

Luego reparó por su expresión en que debería estarlo, si de verdad llevaban tanto tiempo saliendo. Tendría que recordarlo cuando hablasen con los de Inmigración. «¡Oh, es un caso perdido! —diría—. Le advierto de que nuestros amigos nos esperan a las seis, y él no empieza a vestirse hasta las siete.»

Si es que llegaban a hablar con ellos.

—Tal vez podríamos llamarle, por si se ha perdido —propuso el tío Theron.

Parecía una tontería, pero Kate no quería telefonearle. Le recordó esas conversaciones obsesivas que tenían las chicas antes de entrar en el instituto a propósito de no dar la impresión de que estaban «persiguiendo a un chico». Aun tratándose del chico (por así decirlo) que iba a casarse con ella, le parecía mal. ¡Que llegase tan tarde como quisiera! Que viera lo poco que le importaba a ella.

—Es probable que esté conduciendo. No quiero distraerlo —dijo sin mucha convicción.

—Envíale un mensaje de texto —propuso Bunny.

—Bueno, ejem…

Bunny chasqueó la lengua y guardó el teléfono en el bolso y luego le tendió la mano a Kate con la palma hacia arriba. Kate se quedó mirándola un momento sin entender. Luego, lo más despacio posible sacó su propio teléfono de la bolsa de lona y se lo dio.

Clic-clic-clic, hizo Bunny sin ni siquiera pararse a pensarlo. Kate miró de soslayo lo que estaba escribiendo. «¿Dónde tas?», leyó debajo del último mensaje que Piotr le había enviado hacía un par de días y que decía tan solo: «OK. Adiós».

Ahora parecía muy significativo.

No hubo respuesta. Ni siquiera los puntitos que indicaban que estaba escribiendo una respuesta. Todos miraron con impotencia al tío Theron.

—¿Y si lo llamas? —volvió a sugerir.

Kate hizo acopio de valor y volvió a coger el teléfono que le tendía Bunny. En ese momento, emitió un sonido suave y agudo que la sobresaltó tanto que lo soltó, aunque por suerte cayó encima de las piernas. Bunny volvió a chasquear la lengua y lo recogió. «Un suceso espantoso», leyó.

—¿Qué? —exclamó su padre. Se inclinó por delante del tío Theron, le quitó a Bunny el teléfono de las manos y lo miró. Luego empezó a escribir. Solo con el dedo índice, pero aun así Kate se quedó impresionada. Todos lo miraron. Por fin dijo—: Y ahora ¿qué hago?

—¿Cómo que qué haces? —preguntó Bunny.

—¿Cómo lo envío?

Bunny chasqueó otra vez la lengua, cogió el teléfono y apretó la pantalla. Kate miró por encima del hombro y leyó el mensaje de su padre: «Qué qué qué».

Hubo un momento de espera. El doctor Battista respiraba de manera extraña.

Luego otro sonido agudo.

—«Ratones han desaparecido» —leyó Bunny.

El doctor Battista soltó un grito entrecortado. Se dobló por la mitad y se derrumbó sobre el banco que tenían delante.

A Kate, la palabra «ratones» no le dijo nada, por un momento. ¿Ratones? ¿Qué tenían que ver los ratones con eso? Estaba esperando noticias de su boda. El tío Theron parecía igual de perplejo. Exclamó «¡Ratones!» con aire asqueado.

—Los ratones del laboratorio de papá —le aclaró Bunny.

—¿Hay una plaga de ratones en su laboratorio?

—Utilizan ratones.

—Sí… —dijo el tío Theron, que claramente no entendía la diferencia.

—Cobayas —aclaró Bunny.

Entonces sí que pareció confuso.

—No lo asimilo —dijo con voz desmayada el doctor Battista—. No consigo aceptarlo.

El teléfono emitió otro sonido agudo. Bunny lo sostuvo y leyó:

—«Los activistas por los derechos de los animales se los han llevado el proyecto está arruinado todo está perdido no hay esperanza».

El doctor Battista gimió.

—¡Ah, sí, esos ratones! —dijo el tío Theron con la cabeza más despejada.

—¿Se refiere a los de PETA? —preguntó Bunny—. ¿Es que hay alguna ley que impida a los adultos utilizar acrónimos o qué? PETA, ¡idiota! ¡Di «PETA», por Dios! «Los activistas por los derechos de los animales» ¡ja! ¡Qué tío más… patán! Y fíjate cómo pone «los» siempre que puede, aunque casi nunca lo usa cuando habla.

—Todos estos años y años de trabajo —dijo el doctor Battista. Estaba encorvado y se sujetaba la cabeza entre las manos, por lo que era difícil entender lo que decía—. Todos estos años y años y años por el desagüe.

—Oh, seguro que no será para tanto —dijo el tío Theron—. Estoy convencido de que tendrá arreglo.

—¡Te compraremos ratones nuevos! —canturreó Bunny. Le devolvió el teléfono a Kate.

Por fin, Kate estaba empezando a hacerse cargo de la situación.

—Incluso tú deberías saber que solo sirven los ratones originales. Son el resultado de muchas generaciones de ratones; los han criado a propósito.

—¿Y?

—¿Cómo habrá entrado esa gente en el laboratorio? —gimoteó el doctor Battista—. ¿Cómo han sabido la combinación? Dios mío, tendré que empezar desde cero, y soy demasiado viejo para empezar desde cero. Necesitaría como mínimo otros veinte años. Perderé la financiación y tendré que conducir un taxi para ganarme la vida.

—¡No lo quiera Dios! —dijo Theron verdaderamente horrorizado.

—Me harás dejar la escuela y buscar un empleo, ¿verdad? Me obligarás a trabajar sirviendo filetes sanguinolentos en algún restaurante —añadió Bunny.

Kate se sorprendió de que ambos hubiesen pensado en carreras para las que estaban tan mal dotados.

—Callad de una vez los dos. Ni siquiera sabemos con seguridad si…

—¡Ay! ¿Qué más te da a ti? —preguntó su padre alzando de pronto la cabeza—. Apuesto a que te alegras porque ahora ya no tienes que casarte.

—¿No? —preguntó Kate.

—¿Por qué tenía que casarse? —observó su tío.

—¡Y tú! —le espetó a Bunny el doctor Battista—. ¿Qué más da si tienes que dejar el colegio? ¡No será una gran pérdida! Nunca has tenido dotes para los estudios.

—¡Papi!

Kate estaba mirando el cajón de los devocionarios que tenía delante. Intentaba ubicarse. Tenía la sensación de estar llevándose una especie de chasco.

—Pues ya está —dijo desolado su padre—. Disculpa, Theron. Tengo que ir al laboratorio. —Se incorporó poco a poco, como si fuese mucho más viejo y fue hacia el pasillo—. ¿Qué sentido tiene seguir viviendo? —le dijo a Kate.

—No tengo ni idea —le soltó ella.

Por lo visto, tendría que reclamar su antigua habitación. Su vida seguiría donde la había dejado. El lunes, cuando volviese al trabajo, contaría que la cosa no había salido bien. Le diría a Adam Barnes que no se había casado.

No la alegró lo más mínimo. En realidad, Adam y ella no tenían nada en común. A su lado siempre se sentiría demasiado grande, brusca y escandalosa; siempre tendría que medir sus palabras en su presencia. Para bien o para mal no era una persona que apreciase su verdadero ser.

Esa última frase hizo que la recorriera un pequeño eco de tristeza. Tardó un momento en recordar por qué.

Se puso en pie y siguió a Bunny por el pasillo. Se sintió como si tuviese plomo en el estómago. Todo el color parecía haber desaparecido de la sala, y vio lo insípido que era aquel sitio que parecía muerto.

Bunny y ella esperaron mientras su padre estrechaba la mano a su tío, o más bien se aferraba a él con ambas manos, como si le fuera la vida en ello.

—Gracias de todos modos, Theron —dijo en tono fúnebre—. Siento haberte…

—¿Jola? —Piotr estaba en la puerta, con la señorita Brood sonriendo inquieta detrás de su hombro izquierdo. Llevaba una ropa tan zarrapastrosa que parecía un indigente: una camiseta blanca llena de manchas, con el cuello desgarrado y casi translúcida por el uso, unos pantalones cortos muy cortos de cuadros escoceses que Kate pensó preocupada que eran unos calzoncillos y unas chanclas de goma rojas—. ¡Tú! —gritó en voz demasiado alta. Se dirigió a Bunny. Entró en la capilla y la señorita Brood desapareció—. No creas que vas a librarte sin que te detengan —le dijo a Bunny.

—¿Qué? —respondió ella.

Piotr se plantó delante de ella y acercó su cara a la de ella.

—Tú… ¡come verduras! —le espetó—. ¡No tienes corazón!

Bunny dio un paso atrás y se limpió la cara con la palma de la mano. Piotr debía de haberle escupido al hablar.

—¿Qué mosca te ha picado? —le preguntó.

—Sé que fuiste a laboratorio en plena noche. No sé dónde te has llevado ratones, pero sé que has sido tú.

—¡Yo! —exclamó Bunny—. ¿Crees que fui yo? ¿De verdad crees que echaría a perder el proyecto de investigación de mi propio padre! Estás chalado. Díselo, Kate.

El doctor Battista se las arregló para colarse entre los dos.

—Pioter, necesito saberlo —dijo—. ¿Es muy grave?

Piotr se apartó de Bunny y le puso la mano en el hombro al doctor Battista.

—Es grave —le dijo—. Es cierto. No puede serlo más.

—¿Han desaparecido? ¿Todos?

—Todos. Los dos estantes están vacíos.

—Pero ¿cómo…?

Piotr lo llevó hacia el fondo de la capilla, con la mano todavía sobre el hombro del doctor Battista.

—Me despierto temprano —dijo—. Pienso en ir pronto a laboratorio para llegar a tiempo a boda. Llego a puerta; está cerrada como siempre. Introduzco combinación. Entro. Voy a cuarto ratones… —Aminoraron el paso y se detuvieron a poca distancia del altar. El tío Theron, Kate y Bunny se quedaron donde estaban, observando. Luego Piotr se volvió hacia Kate—. ¿Dónde estás? —le preguntó.

—¿Yo?

—¡Vamos! Nos casamos.

—En fin —dijo el doctor Battista—, no sé si eso es verdaderamente… Creo que lo que quiero hacer ahora es ir al laboratorio, Pioter, aunque no haya nada que…

—Espera a que pronunciemos nuestros votos, papá —dijo Kate—. Después irás al laboratorio.

—¡Kate Battista! —exclamó Bunny—. ¿No irás a seguir adelante con esto?

—Bueno…

—¿Has oído cómo me ha hablado hace un momento?

—Está enfadado —dijo Kate.

—¡No estoy puñeteramente enfadado! —tronó Piotr.

—Ya ves —le dijo Bunny a Kate.

—¡Ven ahora mismo! —gritó Piotr.

—Dios mío, sí que está enfadado —dijo el tío Theron con una risita y moviendo la cabeza. Fue por el pasillo hasta el altar, donde se volvió, extendió los brazos como el ángel de la anunciación—. Kate, cariño —preguntó—. ¿Vienes?

Bunny chistó incrédula y Kate se volvió y le dio la bolsa de lona.

—Muy bien, de acuerdo —le dijo Bunny—. Hazlo. Sois tal para cual.

Pero aun así cogió la bolsa y siguió a Kate por el pasillo.

En el altar, Kate ocupó su sitio al lado de Piotr.

—Al principio no lo entendí —estaba diciéndole Piotr al doctor Battista—. Era evidente lo que había sucedido, pero no lo entendía. Me quedé mirando. Dos estantes vacíos y ninguna jaula. Una pintada en pared: «LOS ANIMALES NO SON MATERIAL DE LA-BORATORIO». Entonces se me ocurre llamar a policía.

—La policía, ya, ¿qué van a hacer? —dijo el doctor Battista—. Es demasiado tarde.

—Policía tarda mucho, mucho y cuando llega no es inteligente. Me dicen: «¿Puede describir a esos ratones, señor?». «¡Describir!», digo yo. «¿Qué quiere que describa? Son *Mus musculus* normales, con eso basta.»

—¡Ah! —dijo el doctor Battista—. Es cierto. —Luego añadió—: No entiendo por qué he tenido que ponerme tan elegante y tú no.

—Se va a casar conmigo, no con mi ropa —respondió Piotr.

El tío Theron carraspeó.

—Queridos amigos, estamos aquí… —dijo.

Los dos hombres se volvieron para mirarle.

—… en presencia de…

—Tiene que haber algún modo de seguirles la pista —le susurró el doctor Battista a Piotr—. Alquilar un perro ratero o algo así. ¿No tienen perros para estas cosas?

—¡Perros! —dijo Piotr volviéndose hacia él—. Los perros se los comerían. ¿Es eso lo que quiere?

—O tal vez hurones.

—¿Aceptas, Katherine —dijo el tío Theron con una voz sorprendentemente firme— a Pioter…

Kate notó la tensión de Piotr por la extremada rigidez de su cuerpo, su padre estaba temblando al otro lado y sentía las vibraciones de desaprobación de Bunny a su espalda. Solo Kate conservaba la calma. Se plantó muy erguida y miró a su tío a los ojos.

Cuando llegaron a lo de: «Puedes besar a la novia», su padre ya se había dado la vuelta para abandonar el altar.

—Bueno, vámonos —dijo Piotr a la vez que se agachaba para dar a Kate un beso en la mejilla—. La policía quiere… —informó al doctor Battista, entonces Kate se plantó delante de él, sujetó su rostro entre las manos y le besó con mucha dulzura en los labios. Piotr tenía la cara fría pero los labios calientes y un poco cortados. Parpadeó y dio un paso atrás—… la policía quiere hablar también con usted —le dijo desmayadamente al doctor Battista.

—Enhorabuena a los dos —dijo el tío Theron.

11

Para meterse en el coche de Piotr, Kate tuvo que entrar por la puerta del conductor y pasar por encima del cambio de marchas hasta el asiento del acompañante. Por lo visto, Piotr había abollado la puerta del acompañante con algo y ya no abría. Kate no le preguntó qué había ocurrido. Estaba claro que había conducido de manera incluso más despistada de lo normal en él.

Dejó la bolsa de lona en el suelo entre un surtido de folletos viejos, y toqueteó el bulto sobre el que se había sentado. Resultó ser el teléfono móvil de Piotr. Una vez se instaló detrás del volante, se lo dio y preguntó:

—¿Estabas enviando mensajes mientras conducías?

Él no respondió; se limitó a quitárselo de las manos y a metérselo en el bolsillo derecho de los pantalones cortos. Luego giró la llave del contacto, y el motor cobró vida con un sonido rechinante.

No obstante, antes de que pudiese salir de la plaza del aparcamiento, el doctor Battista golpeó con los nudillos en la ventanilla. Piotr la bajó y gritó:

—¿Qué?

—Dejaré a Bunny en casa y luego iré directo al laboratorio —le dijo el doctor Battista—. Hablaré con la policía después de comprobarlo todo. Supongo que os veré en la recepción.

Piotr se limitó a asentir con la cabeza y metió con brusquedad la marcha atrás.

Mientras conducía a toda velocidad por la autopista Jones Falls, pareció tener la necesidad de revivir hasta el último segundo de la tragedia.

—Llego allí; pienso: «¿Qué es lo que veo?», pienso: «Cerraré y abriré ojos y todo será como siempre». Así que abro y cierro ojos, pero estantes siguen vacíos. Ninguna jaula. Las letras de la pared parecen gritar. Pero sala es muy muy silenciosa; no tiene movimiento. Ya sabes que ratones siempre se mueven. Corretean y chillan; cuando oyen llegar a alguien corren a verlo; los humanos les parecen... prometedores. Ahora, nada. Silencio. Cuatro, cinco astillas de cedro en suelo. —Piotr no había subido la ventanilla y el viento agitaba el cabello de Kate y se lo enredaba, pero ella decidió no decírselo—. No quiero creer y voy a la otra sala. Como si los ratones hubiesen podido ir ahí por su cuenta. Digo: «¿Jola?». No sé por qué digo «¿Jola?». No pueden responder.

—Hay que girar a la izquierda en esta salida —dijo Kate, porque iban tan deprisa que no le pareció que Piotr tuviese pensado hacerlo. En el último segundo, dio un brusco volantazo que la empujó contra la puerta y poco después giró a la derecha en dirección a North Charles Street sin comprobar antes si venía alguien. (Desde luego, él no dudó lo más mínimo.)

—Desde el principio desconfié de esa Bunny —le dijo a Kate—. Tanto comportarse como una niña. Es como lo que dicen en mi país sobre...

—No ha sido Bunny —le dijo Kate—. Le faltan agallas.

—Pues claro que ha sido ella. Se lo dije a policía.

—¿Qué?

—Detective anotó su nombre en cuaderno.

—¡Ay, Piotr!

—Conoce combinación de puerta y come verduras —dijo Piotr.

—Mucha gente es vegetariana, pero eso no los convierte en ladrones —dijo Kate—. Apretó el pie contra el suelo; se estaban acercando a un semáforo en ámbar—. Además, ni siquiera es vegetariana de verdad; solo lo dice.

Piotr aceleró aún más y se saltó el semáforo.

—Es vegetariana —dijo—. Te obligó a quitar carne del puré.

—Sí, pero me roba la cecina de ternera.

—¿Te roba la cecina?

—Tengo que cambiar de escondite cada dos o tres días porque siempre intenta birlármela. ¡Es tan vegetariana como pueda serlo yo! Es solo una fase, una moda de adolescente. Tienes que decirle a la policía que no fue ella, Piotr. Diles que fue un error.

—De todos modos —dijo sombrío Piotr—, ¿qué más da quién lo hiciera? Ratones han desaparecido. Después de tantos cuidados, ahora están correteando por calles de Baltimore.

—¿De verdad crees que los amantes de los animales soltarían un montón de ratones de laboratorio en mitad del tráfico? Tienen más sentido común. Los ratones están en algún sitio protegidos y a salvo, con sus anticuerpos o lo que sea intactos.

—Por favor, no me contradigas —dijo Piotr.

Kate miró al techo del coche y ambos guardaron silencio.

El plan del doctor Battista era que Kate se pusiera el anillo de boda de su madre después de la ceremonia, y lo había llevado consigo a la iglesia. Pero nadie lo había mencionado cuando pronunciaron los votos —un indicio, tal vez, de que el tío Theron estaba más nervioso de lo que había dado a entender—, así que Kate se inclinó, cogió la cartera de la bolsa y sacó el anillo del compartimento de las monedas. Era de oro amarillo y el de compromiso era de oro blanco, pero su padre opinaba que era totalmente aceptable. Se lo puso en el dedo y volvió a meter la cartera en la bolsa.

Bajaron por North Charles y se las arreglaron para pasar todos los cruces justo cuando el semáforo se ponía en rojo. Piotr no se detuvo una sola vez, pasó al lado de cerezos y perales Bradford en flor, con sus charcos de pétalos rosas o blancos en el suelo. Cuando llegaron a los solares en construcción que hay en torno al campus de la Johns Hopkins, Piotr salió de Charles sin molestarse en poner el intermitente y estuvo a punto de atropellar a un grupo de jóvenes con cestas de pícnic. Era casi la una y todo el mundo parecía estar yendo a comer: todo el mundo reía, hablaba con amigos y paseaba sin rumbo como si no tuviese prisa. Piotr maldijo para sus adentros y subió la ventanilla.

Piotr rozó los neumáticos contra el bordillo de delante de la casa de la señora Murphy y apagó el motor. Abrió la puerta, salió y a punto estuvo de cerrarla y pillarle el tobillo a Kate que estaba pasando por encima del cambio de marchas y del asiento del conductor.

—¡Cuidado! —exclamó ella.

Él tuvo al menos la elegancia de apartarse y esperar a que saliera, aunque siguió sin decir nada y cerró después la puerta con una fuerza innecesaria.

Pisotearon las flores de color rosa pálido que alfombraban el jardín. Subieron los tres escalones de ladrillo y se detuvieron en el porche. Piotr se dio una palmada en los bolsillos de delante. Luego en los traseros. Por fin dijo: «¡Maldita sea!», apretó el botón del timbre y dejó el dedo en él.

Al principio dio la impresión de que nadie iba a responder. No obstante, por fin se oyó un crujido dentro y la señora Liu abrió la puerta y preguntó:

—¿Por qué llamas? —Daba la impresión de llevar la misma ropa que el día en que la conoció Kate, pero ya no era toda sonrisas. Sin mirar siquiera a Kate, frunció el ceño y le dijo a Piotr—: La señora Murphy está durmiendo la siesta.

—No quiero ver a la señora Murphy; quiero entrar en casa —gritó Piotr.

—¡Tienes llave para entrar en casa!

—¡He dejado llave en coche!

—¿Otra vez? ¿Has vuelto a hacer?

—¡A mí no me grazne! ¡Es muy maleducada! —Y Piotr la apartó para abrirse paso y se encaminó dando grandes zancadas hacia la escalera.

—Lo siento —le dijo Kate a la señora Liu—. No queríamos molestarla. El lunes haré una copia de la llave para que no vuelva a ocurrir.

—Es él quien es muy maleducado —dijo la señora Liu.

—Ha tenido un día muy difícil.

—Tiene muchos días difíciles —dijo la señora Liu. Pero por fin se apartó y dejó que Kate entrara en la casa. Con retraso, preguntó—: ¿Se han casado?

—Sí.

—Enhorabuena.

—Gracias —dijo Kate.

Esperó que la señora Liu no sintiera lástima por ella. Antes se había mostrado afectuosa con Piotr, pero ahora parecían llevarse fatal.

Cuando lo alcanzó, Piotr había llegado al segundo tramo de escaleras. Lo adelantó y fue hacia la habitación que iba ser suya, para dejar su bolsa.

—¿Dónde están mis otras llaves? —dijo él a su espalda.

Kate se detuvo y se volvió. Piotr se había detenido en el rellano y estaba mirando a su alrededor. En el rellano no había nada, ni un mueble, ni un cuadro ni un mísero gancho en la pared, así que parecía un sitio muy raro para buscar las llaves, pero ahí estaba con expresión perpleja.

Ella reprimió la primera respuesta que se le ocurrió que fue: «¿Cómo quieres que sepa dónde están tus otras llaves?». Dejó la bolsa en el suelo y preguntó:

—¿Dónde las guardas?

—En cajón de cocina —dijo.

—Pues ¿por qué no miramos en el cajón de la cocina? —preguntó ella. Habló más despacio y en voz más baja de lo normal, para no parecer exasperada. —Fue a la cocina y empezó a abrir los quejosos cajones metálicos blancos de debajo de la encimera: en uno había cuchillos, tenedores y cucharas de baratillo, en otro un surtido de utensilios de cocina y en otro trapos. Volvió al cajón de los utensilios. Era el que parecía tener más posibilidades, aunque ella nunca habría guardado allí las llaves. Rebuscó entre las espátulas, unas varillas y un batidor de huevos… Piotr se quedó mirándola con los brazos colgando y sin ayudarla—. Aquí están —dijo finalmente y sostuvo un anillo de cortina de ducha de aluminio del que colgaban una llave de casa y la llave de un Volkswagen.

Piotr dijo: «¡Ah!» e hizo ademán de cogerlas, pero ella dio un paso atrás y se las puso a la espalda.

—Primero llama a la policía —le dijo— y diles que te has equivocado con Bunny. Después te daré las llaves.

—¿Qué? —dijo—. No. Dame las llaves, Katherine. Soy marido y digo dame llaves.

—Yo soy esposa y digo no —respondió.

Pensó que se las quitaría. Le pareció ver cómo se le pasaba la idea por la imaginación. Pero al final dijo:

—Solo diré a policía que a lo mejor Bunny no es vegetariana. ¿De acuerdo?

—Diles que no fue ella quien se llevó los ratones.

—Les diré que tú crees que no se llevó los ratones.

Kate decidió que era lo máximo que podía esperar.

—Pues hazlo —dijo.

Piotr sacó el teléfono móvil del bolsillo delantero derecho de los pantalones cortos. Luego sacó la cartera del bolsillo trasero. Buscó una tarjeta de visita.

—Detective asignado a mi caso, personalmente —dijo con orgullo. Sostuvo la tarjeta para que ella pudiera leerla—. ¿Cómo se pronuncia este nombre?

Ella lo miró.

—McEnroe —dijo.

—McEnroe. —Encendió el teléfono, contempló la pantalla un momento, y luego inició el laborioso proceso de poner una llamada.

Desde donde estaba, Kate oyó un único timbrazo, seguido en el acto por una voz masculina que anunciaba algo con voz metálica.

—Debe de haber apagado el teléfono —le dijo a Piotr—. Déjale un mensaje.

Piotr bajó el teléfono y la miró boquiabierto.

—¿Que lo ha apagado? —preguntó.

—Por eso ha saltado tan deprisa el buzón de voz. Déjale un mensaje.

—Pero dijo que podía llamarle a cualquier hora. Que era su número particular.

—¡Oh, por Dios! —exclamó ella. Le quitó el teléfono y se lo puso en el oído—. Detective McEnroe, soy Kate Battista —dijo—. Le llamo de parte de Piotr Shcherbakov; el del caso del asalto al laboratorio. Le dijo que mi hermana Bunny era una posible sospechosa, pero solo lo dijo porque pensaba que Bunny era vegetariana, y no lo es. Come carne. Además estuvo en casa toda la tarde y estoy segura de que me habría dado cuenta si hubiese salido por la noche, así que puede borrarla de su lista. Gracias. Adiós.

Terminó la llamada y le devolvió el teléfono a Piotr. No quedó muy claro si había llegado a tiempo de que se grabase su mensaje.

Piotr se guardó el teléfono en el bolsillo.

—Detective dijo: «Tome mi tarjeta. Llámeme a cualquier hora, si se le ocurre alguna cosa». Y ahora no responde. Es lo que faltaba; es lo que faltaba. Este es peor día de mi vida.

Kate sabía que era ilógico, pero no pudo sino sentirse insultada. Le dio las llaves en silencio.

—Gracias —dijo él con aire ausente. Luego añadió—: Bueno, gracias. —El desacostumbrado «bueno» suavizó un poco su tono. Se pasó la mano por la cara. Parecía demacrado y exhausto, y viejo para su edad—. No te lo he contado —dijo—, pero los tres años que he estado aquí han sido años difíciles. Años solitarios. Confusos. Todo el mundo se comporta como si Estados Unidos fuese regalo. Pero no es regalo al ciento por ciento. Estadounidenses dicen cosas confusas. Parecen muy amistosos; usan nombre de pila desde el principio. Parecen muy naturales e informales. Luego apagan el teléfono.

¡No los entiendo! —Kate y él estaban enfrente el uno del otro apenas a un palmo de distancia. Tan cerca que ella podía ver los microscópicos destellos rubios de su barba y las minúsculas manchas marrones entreveradas con el azul de sus ojos—. ¿Es idioma tal vez? —preguntó—. Conozco el vocabulario, pero sigo sin ser capaz de utilizar el idioma como quiero. No hay ninguna palabra para ti cuando te hablo a ti. En inglés tengo que hablarte como a una desconocida; no sé expresar mi cercanía. Cuando estoy aquí echo de menos mi país, pero creo que allí me pasaría también. Ya no tengo un hogar al que volver: ni parientes, ni trabajo y hace tres años que no veo a mis amigos. Ya no hay sitio para mí. Así que tengo que fingir que estoy bien aquí. Tengo que fingir que todo es…, ¿cómo decís vosotros?, «guay del Paraguay».

A Kate le recordó a la confesión de su padre unas semanas antes, cuando le había contado lo difícil que había sido todo para él. Los hombres parecían convencidos de que tenían que callar su sufrimiento, como si admitirlo fuese vergonzoso.

Alargó la mano y le tocó el brazo a Piotr, pero él no pareció darse cuenta.

—Seguro que ni siquiera has desayunado —dijo Kate. No se le ocurrió otra cosa—. ¡Eso es! Estás muerto de hambre. Te prepararé alguna cosa.

—No quiero nada —respondió él.

En la iglesia Kate había pensado que tal vez el motivo por el que seguía adelante con la boda a pesar de todo era que en el fondo…, en fin, ella le gustaba, un poco. Pero ahora ni siquiera la miraba; parecía traerle sin cuidado que estuviese allí a su lado tocándole el brazo.

—Solo quiero recuperar ratones —dijo. Kate apartó la mano—.

Me gustaría que el ladrón fuese Bunny —añadió—: Así podría decirnos dónde están.

—Créeme, Piotr, no ha sido Bunny. ¡Bunny solo sabe imitar a los demás! Cree que está enamorada o lo que sea de Edward Mintz y cuando él le dijo que era vegano… —Hizo una pausa. Piotr seguía sin mirarla y probablemente sin oírla—. ¡Ah! —dijo—. Ha sido Edward. —Entonces sí que desvió la mirada hacia ella—. Edward sabe dónde está el laboratorio —continuó—. Acompañó a Bunny aquella vez que le llevaron la comida a mi padre. Debió de estar a su lado cuando ella introdujo la combinación.

Piotr tenía las llaves en la mano izquierda y ahora las lanzó hacia el techo, volvió a cogerlas y salió de la cocina.

—¿Piotr? —dijo Kate. —Cuando llegó al rellano, él ya estaba a mitad el primer tramo de escaleras—. ¿Adónde vas? —gritó apoyada en el pasamanos—. Espera hasta después de comer y llama entonces al detective, ¿de acuerdo? ¿Qué vas a hacer? ¿Puedo ir contigo?

Pero solo oyó el sonido de las chanclas al bajar por las escaleras.

Debería obligarlo a llevarla consigo. Debería correr tras él y meterse en el coche. Es probable que se lo impidiesen sus sentimientos heridos. Desde la boda se había comportado de forma insultante, como si ahora que estaban casados se creyera con derecho a tratarla como quisiese. Ni siquiera se había percatado de que le había ayudado a encontrar sus estúpidas llaves ni de que se había ofrecido amablemente a prepararle algo de comer.

Dio media vuelta y siguió por el pasillo hasta el cuarto de estar. Fue a una de las ventanas y se asomó a la calle. El Volkswagen estaba alejándose del bordillo.

En las películas las mujeres siempre improvisaban comidas elegantes y sofisticadas con las cuatro cosas que encontraban en la nevera, pero Kate no supo cómo hacer eso con lo que había en la nevera de Piotr. Lo único que vio fue un bote de mayonesa, unas pocas latas de cerveza, un cartón de huevos y un poco de apio mustio. También una bolsa de McDonald's cuyo contenido no se molestó en investigar. En el cuenco de la fruta de la encimera había solo un plátano cubierto de pintitas. «Comida milagrosa», le pareció oír decir a Piotr, aunque no eso no encajara muy bien con su afición al McDonalds y el KFC. Cuando rebuscó en los armarios de encima del mármol de la cocina encontró hileras de frascos vacíos: botellas, tarros y jarras meticulosamente lavados y guardados. Cualquiera habría dicho que tenía pensado dedicarse a la industria del envasado.

Supuso que su única opción era prepararse unos huevos revueltos, pero luego reparó en que ni siquiera tenía mantequilla. ¿Se podían hacer huevos revueltos sin mantequilla? Prefirió no correr el riesgo. Mejor rellenos. Al menos tenía mayonesa. Puso cuatro huevos en la cacerola abollada que encontró en un cajón debajo de la cocina, los cubrió de agua y encendió el fuego para cocerlos.

Esperó que Piotr no hiciese ninguna locura. Debería haber llamado a la policía. Pero a lo mejor había ido en persona a la comisaría, o tal vez al laboratorio a hablar con su padre.

Fue otra vez al cuarto de estar y, sin ninguna razón en especial, volvió a asomarse a la ventana.

El cuarto de estar parecía menos vacío ahora que Piotr había trasladado allí el escritorio del despacho. Estaba cubierto de diversos objetos que también debía de haber guardado en el estudio: cartas de publicidad, pilas de libros y alargadores eléctricos, además del equipo informático. Cogió un calendario de pared para comprobar si había apuntado en él el día de su boda, pero la página seguía en el mes de febrero y no había ninguna nota. Volvió a dejarlo en el escritorio.

Salió al rellano a buscar su bolsa y la llevó a su habitación. La funda de leopardo había desaparecido; en el sofá cama solo había un colchón de rayas blancas y azul marino con manchas de óxido y no vio ni rastro de sábanas o mantas. Al lado, en el suelo, había una almohada. ¿No podría haber puesto al menos sábanas limpias y procurado que pareciese más acogedor? El portatrajes estaba colgado en el armario y su caja de cartón llena de regalos de boda seguía encima de la cómoda, pero no consiguió imaginarse que algún día allí se sentiría como en casa.

La habitación olía a desván, así que fue a la ventana e intentó abrirla, pero no consiguió moverla ni siquiera un poco. Por fin desistió y volvió a la cocina. Echó un vistazo para ver si los huevos estaban hechos, pero ¿cómo saberlo? En casa utilizaba un artilugio de plástico que cambiaba de color y que tenían desde los tiempos de la señora Larkin. Dejó los huevos cociendo unos minutos más mientras echaba mayonesa en un cuenco y la espolvoreaba con sal y pimienta de dos molinillos que encontró sobre la mesa. Luego prosiguió con su inventario, y miró en los armarios de debajo de la encimera, pero estaban casi vacíos. Después de comer sacaría los cachivaches de cocina de la caja de cartón. La idea la animó un poco. ¡Un proyecto! Supo dónde guardaría sus tazas de color verde.

Apagó el fuego, llevó la cacerola al fregadero y cubrió los huevos de agua fría hasta que se enfriaron lo bastante para manipularlos. Cuando empezó a pelar el primero notó, por la consistencia de la clara, que estaba bien cocido, pero quiso la suerte que la cáscara se desprendiera en pedacitos pequeños y punzantes con trozos de clara pegados. El huevo acabó picado y feo, reducido a la mitad de su tamaño original, y le sangraba la punta de los dedos. «¡Maldita sea!», exclamó; lavó el huevo bajo el grifo y lo sostuvo pensativa.

Bueno, pues ensalada de huevo.

Resultó ser una buena decisión, porque los otros tres huevos acabaron igual de deformados después de pelarlos. Los cortó con un cuchillo sin afilar y luego picó un poco de apio sobre la encimera porque no encontró ninguna tabla de cortar. Tuvo que quitarle muchas fibras y tirarlas al cubo de la basura de debajo del fregadero. Incluso la parte interior estaba un poco blanda.

Pensó en la ensaladera que le habían regalado y fue a su cuarto a buscarla. Dentro estaba su atrapasueños. Lo sostuvo y giró sobre sí misma en el centro de la habitación, pensando en dónde colgarlo. Aunque el sitio ideal sería en el techo sobre la cama, le pareció mucho trabajo y no estaba segura de que Piotr tuviese un martillo y clavos. Miró hacia la ventana. Había solo una persiana de papel amarillento, pero debía de haber habido cortinas porque encima vio una barra ajustable de metal. Dejó el atrapasueños y arrastró la otomana del rincón. Después se quitó los zapatos, subió a la otomana y ató el atrapasueños a la barra de la cortina.

Se preguntó si Piotr habría visto uno alguna vez. Probablemente le parecería peculiar. En fin, es que lo era. Se cruzaría de brazos, inclinaría la cabeza y lo contemplaría en silencio un largo rato. Las cosas siempre parecían interesarle así. Siempre daba la impresión de observarla a ella con esa misma atención…, al menos hasta ese día. No estaba acostumbrada a que le prestasen atención, pero no podía decir que le pareciese desagradable.

Saltó de la otomana, la arrastró hasta su sitio enfrente del sillón y volvió a ponerse los zapatos.

¿Le habría pedido la policía que les acompañara a casa de Edward para proceder a la detención?

Eran casi las dos y media. El banquete nupcial estaba previsto para las cinco, así que había tiempo de sobra, aunque por otro lado la casa de la tía Thelma estaba en el campo y Piotr tendría que ducharse y cambiarse antes de ir. Y Kate sabía muy bien que los que trabajan en laboratorios a veces olvidan mirar el reloj.

A lo mejor había tenido que completar algo, una orden, una declaración o como quiera que se llamase.

Desempaquetó los demás regalos y encontró sitio para todos en la cocina. Vació las maletas en los cajones de la cómoda. Al principio de cualquier manera, pero luego volvió a colocarlo todo en montones ordenados para tener algo con lo que llenar el tiempo. Sacó las cosas de la bolsa: el peine y el cepillo del pelo los dejó sobre la cómoda, y llevó el cepillo de dientes al cuarto de baño. Sin embargo, le pareció demasiado íntimo dejarlo en el mismo recipiente que el de Piotr, así que fue a buscar un vaso de cristal, puso dentro el cepillo y lo colocó en la repisa de la ventana del baño. No había armarito para las medicinas, tan solo un estrecho estante de madera encima del lavabo donde había varios utensilios para afeitarse, un peine y un tubo de pasta de dientes. ¿Compartirían la pasta de dientes? ¿Tendría que haber llevado la suya? ¿Cómo, exactamente, iban a dividir los gastos domésticos?

Había muchas cuestiones logísticas que no se les había ocurrido hablar.

Al lado de la mampara de la ducha, había una toalla que parecía usada y una manopla de baño colgando de una barra cromada, y en otra barra al lado del váter vio otra toalla y una manopla nueva. Debían de ser para ella. Verlas compensó en parte la ofensa del colchón de su dormitorio.

Eran más de las tres. Sacó el teléfono de la bolsa de lona y lo miró, por si no había oído su llamada, pero no había mensajes. Volvió a guardar el teléfono. Seguiría con su plan y comería por su cuenta. De pronto le entró hambre.

En la cocina se sirvió un poco de ensalada en un plato blanco desportillado. Cogió un tenedor y un poco de papel de cocina, pues no pudo encontrar servilletas, y se sentó a la mesa. Pero cuando miró la comida vio una mancha roja sobre la yema del huevo: era su propia sangre. Después vio otra mancha y luego otra. De hecho, toda la ensalada de huevo parecía descuidada y no muy limpia, manoseada. Se puso en pie y echó el contenido del plato al cubo de la basura, luego añadió la ensalada de huevo que había quedado en el cuenco y lo tapó todo con el papel de cocina. En la cocina no había lavavajillas, así que fregó los platos debajo del grifo, los secó con otro trozo de papel de cocina y los guardó. Destrucción de pruebas.

De pronto cayó en que la vida en la residencia de estudiantes era mucho más divertida. También reparó (al mirarse la mano izquierda) en que el oro blanco y el oro amarillo no pegaban nada. ¿En qué estaría pensando para haber escuchado a su padre en cuestiones de moda? De hecho, nadie que tenga las uñas cortas y sucias de tierra del jardín debería llevar anillo.

Sacó una cerveza de la nevera, la abrió y echó un buen trago antes de volver al rellano todavía con la lata en la mano. Fue hacia el dormitorio de Piotr. La puerta estaba cerrada, pero qué diablos; giró el pomo y entró.

Al igual que en el resto del apartamento, en la habitación apenas había muebles y todo estaba muy limpio. Lo único que parecía fuera de lugar era la tabla de planchar que había en el centro, con una plancha encima y una pulcra camisa blanca de vestir doblada en el extremo. Eso le produjo el mismo efecto que la toalla limpia y la manopla de baño. Se sintió más esperanzada. La cama de matrimonio al pie de la ventana estaba cubierta con una colcha de satén rojo cosida con deshilachados hilos dorados que parecía sacada de un motel barato, y en el cabezal había una lámpara de lectura enganchada precariamente. Sobre la mesilla de noche vio un frasco de aspirinas y una foto de Kate en un marco dorado. ¿De Kate? Lo cogió. ¡Ah!, de Kate y Piotr, solo que, como el taburete de Kate era más alto que la silla de Piotr, ella ocupaba más sitio en la escena. Su expresión sobresaltada le arrugaba la frente de forma muy desfavorecedora, y la camiseta que llevaba debajo de la chaqueta de piel estaba manchada de tierra. No era una foto de la que sentirse orgullosa. Lo único que la distinguía de las demás fotos que había hecho su padre —alguna de las cuales era al menos un poco más halagadora— era que había sido la primera, la que les había tomado el día que se conocieron.

Se quedó pensándolo un momento y luego volvió a dejar la fotografía en la mesilla.

Sobre la cómoda había un polvoriento tapete de encaje, probablemente obsequio de la señora Liu, y un plato que contenía unas monedas y un imperdible. Nada más. El espejo con marco de castaño que había encima era tan viejo que Kate tuvo la sensación de estar viéndose a través de una gasa, con el rostro súbitamente pálido y la mata de pelo negro casi gris. Dio otro trago a la cerveza y abrió un cajón.

Tenía la creencia supersticiosa de que la gente que husmea en las cosas de los demás sufre el castigo de hacer dolorosos descubrimientos, pero los cajones de Piotr revelaron solo un poco de ropa, cuidadosamente doblada y amontonada. Había dos jerséis de manga larga que le había visto una docena de veces, dos polos de manga corta, una pequeña pila de calcetines enrollados por parejas —todo calcetines blancos de deporte, menos un par de calcetines de vestir azul marino—, varios pares de calzoncillos blancos de punto como los que llevaban los niños de la clase 4, y varias camisetas interiores de aspecto exótico, finas como un pañuelo y con los tirantes muy cortos. No había pijamas. Ni accesorios, ni chismes, ni frivolidades. Lo único que averiguó de él fue la conmovedora frugalidad de su vida. La frugalidad y la… rectitud, fue la palabra que acudió a su imaginación.

En el armario encontró el traje que debía de haber pensado ponerse el día de la boda —de color azul marino reluciente— y dos pares de tejanos, uno todavía con el cinturón puesto. Sobre la barra había una llamativa corbata púrpura estampada con rayos amarillos, y en el suelo, al lado de las zapatillas deportivas, estaban sus zapatos marrones de vestir.

Kate echó otro trago de cerveza y salió de la habitación.

De vuelta en la cocina, apuró la cerveza y echó la lata en la bolsa de papel que Piotr parecía utilizar para el reciclaje. Cogió otra cerveza de la nevera y regresó a su propio cuarto.

Fue directa al armario, abrió la cremallera del portatrajes y sacó el vestido que había pensado ponerse para ir a casa de la tía Thelma. Era la única prenda que tenía que le parecía adecuada para una fiesta: de algodón rojo con el escote redondo. Lo colgó del gancho de la puerta del armario y dio un paso atrás para verlo. ¿Convenía plancharlo un poco con la plancha de Piotr? Le pareció demasiado trabajo. Echó pensativa un trago a la cerveza y descartó la idea.

Las paredes de su cuarto estaban tan vacías como todas las demás. Nunca había reparado en lo desolada que parece una habitación sin nada en la pared. Se entretuvo unos minutos pensando en qué podría colgar. ¿Alguna cosa de su habitación de casa, quizá? Pero parecía de otra época: carteles descoloridos de grupos de rock que ya nunca oía y fotos de su antiguo equipo de baloncesto. Tendría que encontrar algo nuevo. Empezar desde cero.

Pero en esta ocasión, pensar en un proyecto no sirvió para animarla. De pronto, se sintió muy cansada. Tal vez fuese la cerveza, o que la noche anterior había dormido mal, pero le habría gustado poder echar una cabezada. Se sentó en el sillón del rincón, se quitó los zapatos y apoyó los pies sobre la otomana. Aunque la ventana estaba cerrada se oía cantar a los pájaros. Se concentró en aquellos «¡Chichipé, chichipé, chichipé!» que parecían estar diciendo. Poco a poco, empezaron a pesarle los párpados. Soltó la lata de cerveza en el suelo y se dejó arrastrar por el sueño.

Unos pasos que subían por las escaleras, slap-slap-slap. «¿Jola?» Pasos en el rellano. «¿Dónde estás?», gritó Piotr. En la puerta apareció una enorme mata de peonías, detrás estaba Piotr.

—¡Ah! Estás descansando —dijo.

Kate no le vio la cara porque estaba oculta detrás de la planta que había dentro de una maceta verde de plástico y tenía ya muchos capullos. Iban a ser blancos. Se incorporó en su asiento. Se sentía un poco atontada. Había sido un error beber cerveza durante el día.

—¿Qué ha ocurrido? —le preguntó a Piotr.

—¿Por qué no has descansado en tu cama? —dijo en vez de responder. Luego se dio una palmada en la cabeza y la planta casi se le cayó—. Las sábanas —dijo—. Compré sábanas nuevas, y sábanas nuevas tal vez tienen productos químicos tóxicos así que las he lavado. Están en secadora de la señora Murphy.

Eso sonó absurdamente reconfortante. Kate alargó el brazo para buscar sus zapatos y se los puso.

—¿Se lo has dicho a la policía? —preguntó.

—¿Decirles qué? —dijo exasperado. Dejó la mata de peonías en el suelo y se apartó para sacudirse las manos—. ¡Ah! —dijo, como si tal cosa—. Ratones han vuelto.

—Que han…¿vuelto?

—Cuando dices que es Eddie —respondió—, yo pienso: «Sí, tiene sentido. Es Eddie». Así que subo al coche, voy a su casa y aporreo puerta. «¿Dónde mis ratones están?», pregunto. «¿Qué ratones?», dice él. Noto que gesto de sorpresa es falso. «Dime que no los has soltado por la calle», digo. «¡En la calle!», responde. «¿De verdad crees que sería tan cruel?» «Dime dónde están encerrados, dondequiera que estén. Dime que no los has mezclado con ratones normales.» Su expresión se vuelve sombría. «Están a salvo en mi cuarto», dice. Su madre me grita, pero no hago caso. «¡Voy a llamar a la policía!», grita, pero yo subo corriendo escaleras y encuentro su habitación. Ratones siguen en jaulas, apilados.

—¡Caray! —dijo Kate.

—Por eso he tardado tanto. He tenido que obligar a Eddie a llevar ratones de vuelta a laboratorio. Tu padre estaba en laboratorio. ¡Me ha abrazado! ¡Tenía lágrimas detrás de gafas! Luego han detenido a Eddie, pero tu padre no va a, ¿cómo se dice?, poner denuncia.

—¿No? —exclamó Kate—. ¿Por qué?

Piotr se encogió de hombros.

—Larga historia —dijo—. Hemos decidido cuando llegó detective. ¡Detective respondió al teléfono esta vez! Muy amable. Encantador. La planta es de parte de señora Liu.

—¿Qué? —preguntó Kate. Se sentía como si hubiese estado dando vueltas con una venda en los ojos.

—Me pidió que te la trajera. Regalo de boda. Para el jardín.

—Entonces, ¿ya está bien? —preguntó Kate.

—¿Bien?

—Estaba muy enfadada.

—Oh, sí, siempre habla mal cuando pierdo llaves —dijo alegremente. Fue a la ventana y levantó la hoja de guillotina sin esfuerzo aparente—. ¡Ah! —dijo—. ¡Muy buen tiempo fuera! ¿No llegamos tarde?

—¿Cómo?

—¿Recepción no era a las cinco?

Kate miró el reloj: las cinco y veinte.

—¡Ay, Dios! —exclamó, y se puso en pie de un salto.

—¡Vamos! Conduciremos deprisa. Puedes telefonear a tu tía desde coche.

—Pero no me he cambiado. Y tú tampoco.

—Iremos así; son familia.

Kate abrió los brazos para mostrarle las arrugas del vestido después de la siesta, y la mancha de mayonesa cerca del dobladillo.

—Dame medio segundo, ¿vale? —dijo—. El vestido está hecho un desastre.

—Es muy bonito —respondió él.

Ella miró el vestido y luego bajó los brazos.

—De acuerdo, es bonito —dijo—. Como digas.

Pero Piotr estaba ya en el rellano en dirección a las escaleras y ella tuvo que correr para alcanzarlo.

12

La tía Thelma abrió la puerta con un vestido de flores largo que le llegaba hasta el suelo y Kate olió su perfume desde donde estaba.

—¡Hola, guapísimos! —gritó. Por fuerza tuvo que desconcertarla la ropa que llevaban, pero logró disimularlo muy bien. Salió a la veranda para apretar la mejilla contra la de Kate y luego contra la de Piotr—. ¡Bienvenidos a vuestro banquete nupcial!

—Gracias, tía Sel —dijo Piotr y la rodeó con sus brazos en un abrazo tan entusiasta que a punto estuvo de tirarla al suelo.

—Disculpa que lleguemos tan tarde —se excusó Kate—. Lo siento, pero no nos ha dado tiempo a vestirnos.

—Bueno, lo importante es que hayáis venido —respondió su tía, reaccionando de manera mucho más suave de lo que habría predicho Kate. Se dio unas palmaditas en el peinado que Piotr le había deshecho un poco—. Venid a la parte de atrás; todo el mundo está tomando una copa. ¡Qué suerte hemos tenido con el tiempo!

Se volvió para guiarles por el vestíbulo que tenía dos alturas. Del centro colgaba una gigantesca araña de cristal como un árbol de Navidad puesto del revés, y Piotr aminoró el paso para contemplarla un momento con gesto perplejo. En el salón unos sofás seccionales ocupaban el enorme espacio como un rebaño de rinocerontes, y las dos mesitas del café eran tan grandes como una cama de matrimonio.

—El padre de Kate nos ha contado que habéis tenido un día lleno de incidentes, Pioter —dijo la tía Thelma.

—Llenísimo —reconoció Piotr.

—Para tratarse de él ha estado de lo más locuaz. Nos ha contado cosas increíbles sobre los ratones. —Abrió las cristaleras que daban al patio. Aún faltaba mucho para que atardeciera, pero de los arboles colgaban farolillos encendidos y había velas ardiendo pálidamente en todas las mesas. En cuanto Kate y Piotr pisaron las losas de piedra, los invitados se dieron la vuelta al mismo tiempo y eso hizo que pareciesen más de los que eran en realidad. Kate notó la intensidad de sus miradas como un viento que le azotara de pronto la cara. Se paró en seco, y sostuvo la bolsa de lona delante de ella para ocultar la mancha de mayonesa—. ¡Aquí los tenemos! —canturreó la tía Thelma a la vez que extendía majestuosamente el brazo—. ¡Os presento… al señor y la señora Cherbakov y Cherbakova! ¡O como quiera que lo digan ellos!

Se oyeron un «¡Ah!» y unos cuantos aplausos, la mayoría de la gente se golpeó la muñeca con la punta de los dedos porque tenían la copa de vino en las manos. Alice, la amiga de la infancia de Kate, había ganado un poco de peso desde la última vez que la había visto, y su marido sostenía un bebé en el hueco del brazo. El tío Theron se había puesto un atrevido atuendo muy poco eclesial con unos pantalones caqui y una camisa hawaiana, pero los demás hombres iban con traje y las mujeres llevaban vestidos primaverales que dejaban al aire los brazos y las piernas blancos del invierno.

El doctor Battista era el que aplaudía más fuerte. Había dejado la copa en la mesa para tener las manos libres, y su rostro irradiaba emoción. Bunny, al otro extremo del patio, no aplaudió. Sostuvo una Pepsi en la mano y miró a Piotr y a Kate con beligerancia.

—Muy bien, oíd todos, nos pasamos al champán —anunció el tío Barclay. Se plantó delante de Piotr y de Kate con dos copas cubiertas de espuma—. Bebed, es del bueno —les dijo.

—Gracias —dijo Kate aceptando la suya, y Piotr añadió—: Gracias, tío Bark.

—Parecéis recién salidos de la cama, Pioter —dijo el tío Barclay con una risita pícara.

—Es la última moda —replicó Kate. No estaba dispuesta a disculparse más—. Lo compró en Comme des Garçons.

—¿Cómo?

Ella bebió un largo trago de champán.

—¿Podríais poneros Pioter y tú un poco más cerca? —le preguntó su padre. Sostenía el teléfono móvil con las manos—. No puedo creer que se me olvidara haceros fotos en la boda. Sé que tenía muchas cosas en la cabeza, pero… Aunque tal vez tu tío esté dispuesto a repetir la ceremonia para nosotros.

—No —replicó Kate sin inmutarse.

—¿No? ¡Ah!, bueno —dijo él, bajando la vista para mirar el teléfono—. Como tú digas, cariño. ¡Qué día tan alegre! Y tenemos que agradecértelo a ti, por darnos la pista sobre el chico de los Mintz. Jamás se me habría ocurrido sospechar de él.

Mientras hablaba siguió tomando fotografías; ya no parecía tan torpe. Pero no había ninguna esperanza de que los resultados fuesen mejores, porque Kate tenía la nariz metida en su copa y Piotr se había dado la vuelta para coger un canapé de la bandeja que sostenía la tía Thelma.

—Mejor cojo dos —dijo—. No he desayunado ni comido.

—¡Oh, pobrecillo! Coge tres —repuso la tía Thelma—. ¿Louis? ¿Caviar?

—No, da igual. Barclay, ¿podrías hacerme una foto con la novia y el novio?

—Encantado —respondió el tío Barclay.

—Asegúrate antes de que todos tienen champán —dijo al mismo tiempo la tía Thelma—. Kate ya se ha bebido el suyo, y todavía no hemos brindado.

Kate bajó la copa con gesto culpable, aunque en realidad la culpa era del tío Barclay. Era él quien la había animado a beber.

—Lo bueno es que sigo sin entender por qué ha ocurrido —dijo su padre—. Lo de los defensores de los animales, digo. ¡Mis ratones llevan una vida envidiable! De hecho mucho más saludable que la de muchas personas. Siempre he tenido muy buena relación con mis ratones.

—Bueno, supongo que es mejor tenerla con ellos que con nadie —dijo la tía Thelma y se marchó con su bandeja.

Richard, el hijo de la tía Thelma, se abrió paso hacia ellos con su mujer, una rubia gélida y pálida, de cutis impecable y labios de color rosa perla. Kate le tiró a su padre de la manga y susurró:

—Rápido, ¿cómo se llama la mujer de Richard?

—¿Y me preguntas a mí?

—Empieza por ele. ¿Leila? ¿Leah?

—¡Primita! —dijo Richard con jovialidad. Normalmente no era tan amistoso—. ¡Enhorabuena! Felicidades, Pioter —dijo dándole una ruidosa palmada en la espalda—. Soy Richard, el primo de Kate. Esta es mi mujer, Jeannette.

El doctor Battista arqueó las cejas mirando a Kate. Piotr dijo:

—Encantado de conocerte, Rich. Encantado de conocerte, Jen.

Kate supuso que Richard resoplaría por la nariz a modo de protesta, pero su primo pasó aquello por alto.

—No me puedo creer que por fin la hayamos casado —dijo—. Toda la familia suspira de alivio.

Eso confirmó las peores sospechas de Kate, que se sintió como si la apuñalaran en el corazón. Y Jeannette dijo: «¡Oh, Richard!», y en cierto sentido lo empeoró.

—Yo también estoy aliviado —dijo Piotr—. No sabía si le gustaría a Kate.

—¡Pues claro que sí! Al fin y al cabo sois iguales, ¿no?

—¿Soy como ella?

Richard pareció de pronto menos seguro de sí mismo, pero respondió:

—Me refiero a que procedéis del mismo ambiente o como quieras llamarlo. El ambiente científico en el que se crió. ¿Verdad, tío Louis? —preguntó—. Ninguna persona normal podría entenderos.

—¿Qué es exactamente lo que te parece difícil de entender? —preguntó el doctor Battista.

—Bueno, ya sabes, la jerga científica. Así, sin más, no se puede…

—Investigo las enfermedades autoinmunes —dijo el doctor Battista—. Es cierto que «autoinmune» tiene cuatro sílabas, pero tal vez si troceo la palabra…

Kate notó que alguien le pasaba el brazo por la cintura y dio un respingo. Se dio la vuelta y vio a Alice a su lado que le sonreía y decía:

—Enhorabuena, ha pasado mucho tiempo.

—Gracias —respondió Kate.

—No me habría perdido tu boda por nada en el mundo. ¿Qué tal te va?

—Bien.

—¿Has visto a mi bebé?

—Sí, ya me he dado cuenta. ¿Es niño o niña?

Alice frunció el ceño.

—Niña, claro —dijo. Después volvió a animarse y dijo—: Date prisa en tener tú uno y así podrán jugar juntos.

—¡Uf! —dijo Kate. Miró buscando la bandeja de los canapés, pero estaban al otro lado del patio.

—¡Háblame de tu chico! ¿Dónde lo conociste? ¿Cuánto hace que salís juntos? Es muy sexy.

—Trabaja en el laboratorio de mi padre —dijo Kate—. Llevábamos tres años saliendo. —Reparó en que empezaba a sonarle como si fuese cierto. Casi le pareció recordar algunos detalles de su larga relación.

—¿Esos de ahí son sus padres?

—¿Quiénes? ¡Oh!, no, son los Gordon —dijo Kate—. Los vecinos de dos puertas más abajo. Piotr no tiene padres. No tiene familia.

—Qué suerte —dijo Alice—. No para él, claro, pero sí para ti: no tendrás que lidiar con los suegros. Algún día te presentaré a la madre de Jerry. —Esbozó una gran sonrisa hacia su marido y le saludó moviendo los dedos—. Cree que debería haberse casado con su antigua novia, la neurocirujana —añadió sin dejar de sonreír.

El tío Barclay se plantó en el centro del patio y gritó:

—Bueno, ¿todo el mundo tiene champán? —Se oyó un murmullo general—. En ese caso me gustaría proponer un brindis —dijo—. ¡Por Pioter y Katherine! Que seáis tan felices como lo hemos sido vuestra tía y yo.

Se oyeron vivas aquí y allá, y todo el mundo bebió un sorbo. Kate no tenía ni idea de cómo corresponder. De hecho, nadie había brindado nunca por ella. Así que alzó la copa, movió la cabeza, y luego desvió la mirada hacia Piotr, para ver qué hacía él. Tenía una sonrisa de oreja a oreja. Alzó la copa hasta el techo, luego la bajó, echó la cabeza atrás y se bebió el champán de un trago.

A la hora de sentar a los invitados a la mesa, la tía Thelma había hecho como si fuese un banquete formal: la novia y el novio juntos en el centro, con los miembros de la familia alineados a izquierda y derecha en orden descendente de parentesco. Parecía una especie de ultima cena.

—Tu padre se sentará a tu derecha —le dijo la tía Thelma a Kate mientras iban hacia el comedor, aunque en realidad era innecesario, porque delante de cada plato había una tarjeta elegantemente caligrafiada con el nombre de cada invitado—. Bunny está a la izquierda de Pioter. Yo me sentaré al lado de tu padre y Barclay al lado de Bunny. Theron ocupará este extremo de la mesa y Richard el otro y los demás se sentarán enfrente en orden chico-chica-chico-chica.

Pero surgieron problemas. En primer lugar, Bunny se negó a sentarse al lado de Piotr. Entró en el comedor, vio las tarjetas con los nombres y dijo:

—No pienso sentarme cerca de ese individuo. Cámbiame el sitio, tío Barclay.

El tío Barclay pareció sorprenderse, pero se lo tomó con buen humor.

—Claro —dijo, apartando su silla para ayudarla a sentarse, luego se sentó a su vez al lado de Piotr.

—Parece que la cuñada te va dar guerra —le murmuró a Piotr.

—Sí, está muy enfadada conmigo —respondió Piotr con idéntica ecuanimidad.

Kate se inclinó hacia su padre que estaba desplegando la servilleta.

—¿Por qué está tan enfadada? —le susurró—. Pensaba que no habías presentado una denuncia.

—Es largo de explicar —dijo su padre.

—¿Por qué?

Su padre se limitó a encogerse de hombros y a alisarse la servilleta en el regazo.

Luego a Alice no le gustó dónde la habían sentado, aunque no insistió tanto en ello. Se suponía que tenía que sentarse enfrente de Kate y Piotr, pero se acercó a la tía Thelma y le dijo:

—Siento tener que pedírtelo, pero ¿no podría sentarme en un extremo?

—¿En un extremo? —dijo la tía Thelma.

—Tendré que dar de mamar al bebé y necesito sitio.

—Por supuesto —dijo la tía Thelma—. Richard, cariño —llamó—. ¿Te importaría cambiarle el sitio a Alice?

Richard no fue tan complaciente como el tío Barclay.

—¿Por qué?

—Necesita sitio para amamantar al bebé, cariño.

—¿Amamantar al bebé?

La tía Thelma se sentó elegantemente en el asiento al lado del padre de Kate. Richard, después de una pausa considerable, se levantó, se desplazó un asiento al lado del señor Gordon y Alice se instaló al extremo de la mesa y alargó los brazos para que le dieran al bebé.

Kate empezaba a desarrollar cierto reticente respeto por la tía Thelma. Era como cuando volvió a ver ya de adulta *Lo que el viento se llevó*, y comprendió que la verdadera heroína era Melanie. De hecho, casi lamentó no haber invitado a su tía a la ceremonia. Aunque tal vez fuese lo mejor en vista del desastre que había sido.

Piotr y Kate estaban sentados lo bastante cerca para que el pudiera darle un golpecito con el codo cada vez que quería hacerla partícipe de su alegría. Y encontró muchos motivos. Le gustaron la *vichyssoise* que sirvieron al principio —Kate había reparado en que le gustaba cualquier cosa que llevase col o patatas— y las costillas de cordero que les ofrecieron a continuación. Le gustó la *partita* de Bach que sonaba en el equipo de sonido del tío Barclay, igual que el propio equipo de sonido, con los cuatro discretos altavoces colocados sobre las molduras en los rincones de la sala. Sobre todo le gustó cuando el bebé de Alice vomitó justo en el momento en que ella lo levantó para enseñárselo a todo el mundo. De hecho se desternilló de risa, pese a que Kate le dio a él un golpecito con el codo, para que se callase. Y cuando el tío Theron le dijo a la señora Gordon que el director del coro últimamente no se mataba nada, Piotr se puso eufórico: «¡No se mata nada!», le repitió a Kate, empujándola mientras ella cortaba el cordero. Su codo contra su brazo desnudo le pareció cálido y calloso.

Al otro lado, su padre se encorvó de repente. Fue como si intentara colarse debajo de la mesa.

—¿Qué haces? —le preguntó Kate.

—Busco tu bolsa —respondió él.

—¿Para qué?

—Para meter estos papeles —dijo. Se los dejó ver un instante: eran varias hojas de papel dobladas en tres como una carta comercial. Luego volvió a meter la cabeza debajo de la mesa—. Son los papeles para los de Inmigración —dijo en voz baja.

—¡Oh, por Dios! —le espetó Kate y pinchó un trozo de carne con más fuerza de la necesaria.

—¿Louis? ¿Se te ha perdido alguna cosa? —preguntó la tía Thelma.

—No, no —dijo él. Volvió a sentarse. Se había acalorado con el esfuerzo y las gafas se le habían resbalado de la nariz—. Solo estaba metiendo una cosa en la bolsa de Kate —se excusó.

—¡Ah, sí! —dijo en tono de aprobación la tía Thelma. Probablemente pensó que era dinero, tan poco lo conocía—. Tengo que decir, Louis, que, teniendo en cuenta las circunstancias, no has educado del todo mal a estas niñas. —E inclinó la copa de vino hacia él—. Tengo que reconocerlo. Sé que en su momento te pedí que me dejaras educarlas a mí, pero ahora veo que tal vez tuvieses razón al insistir en que se quedaran contigo.

Kate dejó de masticar.

—Sí, bueno… —respondió el doctor Battista. Se volvió hacia Kate y dijo en voz más baja—: Supongo que el lenguaje burocrático os parecerá un poco difícil al principio, pero os he metido una tarjeta con el teléfono de Morton Stanfield. Es abogado de inmigración y os ayudará en todo el proceso.

—Muy bien —dijo Kate. Luego le dio una palmadita en la mano y le dijo—. Está bien, papá.

Alice le pidió a Bunny que le cortase la carne porque ella estaba dándole el pecho al bebé debajo de la chaqueta. Jeanette intentaba captar la atención de Richard, que acababa de servirse como mínimo la tercera copa de vino. No hacía más que inclinarse hacia delante y levantar el dedo índice, como alguien a punto de proponer una enmienda, pero él tenía la mirada fija en otra parte. La señora Gordon le dijo a Piotr lo mucho que sentía haberse enterado de que el hijo de los Mintz había secuestrado a sus ratones. Estaba sentada enfrente de Piotr y a un lado, así que tuvo que alzar la voz.

—Jim y Sonia Mintz tendrían que mojarse de una vez

—«Mojarse»— repitió en tono pensativo Piotr.

—Quiere decir que tendrían que hacer algo —le explicó el tío Barclay.

—¡Ah! Bueno. Muy útil. Pensaba que tenían que meterse en bañera.

—No, no.

—Ya cuando Edward era pequeño —siguió diciendo la señora Gordon—. Jim y Sonia eran muy *laissez-faire*. Fue un niño peculiar desde el principio, pero ¿acaso se dieron cuenta?

—Por lo visto, no se mataron nada —le respondió Piotr.

Parecía tan feliz al decirlo, tan pagado de sí mismo que el tío Barclay se echó a reír.

—Está claro que te gustan nuestras expresiones, ¿eh, Pioter? —dijo.

—¡Me encantan! —dijo Piotr. Su rostro estaba radiante.

—Muy bien —dijo afectuosamente el tío Barclay—. ¡Por el bueno de Pioter! —gritó alzando la copa de vino—. Démosle la bienvenida a la familia.

Se produjo cierta agitación en torno a la mesa, y la gente murmuró con aprobación y él alargó la mano para coger su copa, pero antes de que pudieran continuar. La silla de Bunny chirrió contra el parquet y ella se puso en pie de un salto.

—No seré yo quien lo haga —dijo—. De ninguna manera voy a darle la bienvenida a un sujeto que ha atacado a un hombre inocente.

—¡Inocente! —dijo Kate, y luego, como si no hubiera oído bien, repitió—: ¿Atacado?

—¡Me ha contado lo que le hiciste! —exclamó Bunny volviéndose hacia Piotr—. No podías pedirle con educación que devolviera los ratones, qué va... Tenías que ir y darle un puñetazo.

Todos los invitados la miraron.

—¿Le diste un puñetazo? —le preguntó a Piotr.

—Fue un poquitito reacio a dejarme entrar en su casa —dijo Piotr.

—¡Casi le rompes la mandíbula! A lo mejor se la has roto. Su madre no sabe si llevarlo a urgencias.

—Muy bien —dijo Piotr, untando de mantequilla una rebanada de pan—. A ver si le cierran la bocaza con alambres.

—¿Habéis oído eso? —les preguntó Bunny a los demás—. ¿Lo habéis oído?

—Vamos, Bun-Buns, cariño, domínate —terció el doctor Battista.

—Espera. ¿Qué pasó? —preguntó Kate.

—Estuvo a punto de echar abajo a golpes la puerta de los Mintz —le contó Bunny—, le gritó a Edward y lo cogió de la camisa, a la señora Mintz por poco le da un ataque y, cuando Edward intentó impedirle el paso, como habría hecho cualquiera, al fin y al cabo es su casa, Pioter le dio un puñetazo que lo tumbó de espaldas, subió las escaleras y estuvo entrando y saliendo de las habitaciones de los Mintz hasta que dio con el cuarto de Edward y gritó: «¡Ven aquí! ¡Sube aquí ahora mismo!». Y obligó a Edward a cargar con todas las jaulas y a meterlas en la furgoneta de los Mintz. Y cuando la señora Mintz dijo: «Pero ¿qué es esto? ¡Deténgase ahora mismo!». Le chilló: «¡Quítese de en medio!», con ese vozarrón suyo. Y ella no lo sabía. ¡Creía que Edward estaba cuidando de los ratones para un amigo! Y así era, los estaba cuidando para un hombre que trabaja en una organización de Pensilvania a quien había conocido en internet, y que la semana que viene iba a llevar a los ratones a un refugio de animales donde podrían adoptarlos, dijo que… —El doctor Battista gimió, sin duda al imaginar a sus preciosos ratones en manos de unos tipos oriundos de Pensilvania cubiertos de gérmenes—… y luego, después de obligarle a ir al laboratorio y de que Edward le ayudara a llevarlos a la sala de los ratones, que, podéis creerme, no es tarea fácil, ¿cómo se lo agradece? Llamando a la policía. Lo denuncia después de que hubiese reparado totalmente el daño. Ahora mismo, Edward estaría pudriéndose en la cárcel si la señora Mintz no hubiese llamado también a la policía y denunciado a Pioter.

—¿Qué? —exclamó Kate.

—Ya te dije que era largo de explicar —dijo su padre.

Los demás invitados parecían atónitos. Hasta el bebé de Alice miraba boquiabierto a Bunny.

—El pobre Edward —continuó Bunny— estaba malherido; un lado de la cara se le había hinchado como una calabaza y, como es lógico, su madre llamó a la policía. Así que mi padre… —Bunny se volvió hacia el doctor Battista; era la primera vez en muchos años que Kate lo oía llamarle «mi padre»— mi padre tuvo que retirar la denuncia, gracias a Dios, o los Mintz habrían denunciado a Pioter. Fue un acuerdo judicial.

—Bueno, no creo que se pueda llamar exactamente un… —dijo el tío Barclay.

—¿Por eso no pusiste la denuncia? —le preguntó Kate a su padre.

—Me pareció lo más oportuno —dijo.

—¡Pero a Piotr lo incitaron! —exclamó Kate—. No fue culpa suya si tuvo que golpear a Edward.

—Cierto —coincidió Piotr asintiendo con la cabeza.

—En cualquier caso… —intervino la tía Thelma.

—Claro, ¿qué vas a decir…? —le espetó Bunny a Kate—. ¿Cómo vas a admitir que Pioter ha hecho algo mal? Es como si te hubiese convertido en una zombi. «Sí, Pioter; no, Pioter»; lo sigues por ahí medio alucinada. «Lo que tu digas, Pioter; haré todo lo que quieras, Pioter; pues claro que me casaré contigo, Pioter, aunque lo único que busques sea una solterona estadounidense.» Y luego te presentas tardísimo a tu propio banquete de bodas, y ni siquiera os tomáis la molestia de arreglaros, y venís con la ropa sucia y arrugada como si hubieseis pasado la tarde besuqueándoos. Es repugnante. Cuando me case no me verás sometiéndome así.

Kate se puso en pie y dejó la servilleta a un lado.

—Muy bien —dijo. Era consciente de que Piotr estaba mirándola, de que todos estaban mirándola, de la expresión divertida del tío Barclay y de la postura tensa de la tía Thelma que aguardaba la primera oportunidad para poner fin a aquello. Pero Kate se concentró solo en Bunny—, trata a tu marido como mejor te parezca —dijo—, pero sea quien sea lo compadezco. Es difícil ser hombre. ¿Nunca te has parado a pensarlo? Creen que tienen que disimular lo que les molesta. Creen que tienen que dar la impresión de estar al mando; no se atreven a mostrar sus verdaderos sentimientos. Da igual que estén sufriendo, o desesperados o abatidos por el dolor, que estén enamorados, que echen de menos su casa, que les embargue una enorme culpa o que estén a punto de fracasar en algo: «Estoy bien», dicen. «Todo va bien.» Si se piensa con detenimiento, disfrutan de mucha menos libertad que las mujeres. Las mujeres llevan observando los sentimientos ajenos desde que empezaron a gatear, han perfeccionado su radar, su intuición, su empatía o su como quieras llamarlo interpersonal. Saben cómo son las cosas de verdad, mientras que los hombres están atrapados por las competiciones deportivas, las guerras, la fama y el éxito. ¡Es como si los hombres y las mujeres vivieran en dos países diferentes! No me estoy «sometiendo», como tú dices. Le estoy dejando entrar en mi país. Le estoy dejando hueco en un sitio donde podemos ser nosotros mismos. ¡Por el amor de Dios, Bunny, déjanos un respiro!

Bunny se desplomó en su silla, con aire confundido. Tal vez no la hubiese convencido, pero de momento pareció renunciar a la lucha.

Piotr se puso en pie, le pasó el brazo por encima del hombro a Kate. Sonrió mirándola a los ojos y dijo: «Bésame, Katia».

Y ella lo hizo.

Epílogo

Louie Shcherbakov tenía un trato con sus padres por el que si ellos lo dejaban al cuidado de alguien él podía prepararse la cena. Ya sabía cocinar mucho mejor que su madre y casi tan bien como su padre. Ese otoño, cuando empezase la primaria, le dejarían utilizar los fogones siempre que fuese en compañía de un adulto, pero de momento le permitían usar el microondas, la tostadora y los cuchillos de la cubertería que no estuviesen muy afilados. Se le daba muy bien cortar cecina con las tijeras de cocina.

Esa noche sus padres iban a ir a Washington porque a su madre le habían dado un premio. Había ganado un premio de ecología vegetal de la Federación Botánica. Louie llevaba toda la semana diciéndole a la gente: «Mami ha ganado un premio de la Federación Butánica» y luego se desternillaba de risa en el suelo. La mayoría de la gente sonreía educadamente, pero si su padre lo oía se reía tanto como él. Cuando su padre se reía, entornaba los ojos. Louie también lo hacía, y había heredado de él el pelo rubio y liso. Thelma, la tía de su madre, decía que se parecían tanto que resultaba cómico, pero Louie no entendía qué tenía de cómico. ¿Se refería a que no tenía los brazos musculosos como su padre? Ya los tendría.

Metió dos rebanadas de pan en la tostadora, y luego acercó el taburete al armario de la comida y bajó una lata de sardinas. Aunque no le gustaban demasiado las sardinas, le encantaba abrir la lata con la llavecita de latón. Después cogió un plátano del cuenco que había en la encimera, porque los plátanos eran una comida milagrosa, lo peló y lo cortó en rodajas con un cuchillo de la cubertería. Luego se asomó a la puerta y preguntó:

—¿Tenemos alubias?

—¿Qué? ¡No! —gritó su madre desde el dormitorio de sus padres.

—Qué mala pata —murmuró casi para sus adentros. Muchas veces comía alubias cuando iba a casa de su abuelo mezcladas en puré con muchas otras cosas. Le gustaba su sabor amargo.

—¿Para qué quieres alubias? —gritó su madre, pero luego añadió en voz más baja—: Sigo sin entender por qué no puedo llevar pantalones.

—Es ocasión oficial —respondió su padre—. Yo voy a ponerme el traje.

—Prueba a ponerte un vestido alguna vez. Parezco un perrillo de compañía vestido por un niño chiflado.

Louie volvió a la cocina, se subió al taburete y bajó la botella de kétchup. El rojo quedaría bien, pensó. Rojo, plata y beis: kétchup, sardinas y plátanos. «¿Y dónde está verdura?», preguntaba siempre su padre, pero su madre decía: «Déjalo en paz. He conocido niños que no han probado la verdura hasta que se fueron a la facultad, y todos estaban sanísimos».

Ahora que la tía Bunny se había casado con su entrenador personal y se había mudado a New Jersey casi siempre hacía de canguro su abuelo. Tenía un libro muy viejo y descolorido titulado *Hechos científicos curiosos para jóvenes* y, cuando iba a cuidarlo, se lo leía a

Louie, que se sentía importante y querido aunque no entendiese todo lo que le decía. Pero esa noche su abuelo también iba a ir a Washington, igual que la tía Thelma, el tío Barclay y el tío Theron, así que Louie se quedaría abajo con la señora Liu. Pero no le importaba. La señora Liu le dejaba beber Coca-Cola y su amiga la señora Murphy tenía objetos geniales en la vitrina de cristal: un pisapapeles con estrellitas de colores que giraban en el interior en lugar de copos de nieve, una baya roja cuya tapa se abría y dejaba salir una manada de elefantes microscópicos blancos, y una estación meteorológica en forma de cabaña con el tejado de madera. Un hombrecillo o una mujer salían a la puerta de la cabaña: la mujer si iba a hacer sol, el hombre cuando iba a llover. Aunque casi siempre salía la mujer con su regadera diminuta, mientras que el hombre se quedaba en la oscuridad debajo de un minúsculo paraguas incluso cuando llovía. El padre de Louis decía que era una ciencia muy inexacta.

La señora Liu no consentía cobrarle a sus padres por hacer de canguro, porque decía que era la tía de Louie. De pequeño Louie pensaba que lo era de verdad, porque casi se llamaban igual, pero un día su madre le contó que la señora Liu era una tía adoptiva. Igual que la señora Murphy, porque vivían en su casa, aunque el abuelo de Louie no hacía más que insistir en que se mudasen a vivir con él. Sin embargo, la madre de Louie no quería mudarse. Llevaba once años viviendo allí y estaba muy contenta; ¿y para qué querían más sitio? ¿Para tener que pasar el aspirador por otra habitación? Su padre opinaba que tenía muchísima razón.

Louie sacó las tostadas de la tostadora y las dejó sobre la encimera. Cubrió las tostadas con las rodajas de plátano, colocó encima las sardinas alineadas y las roció de kétchup siguiendo una línea en zigzag. Por fin colocó otra tostada encima, apretó y metió el sándwich en una fiambrera que sacó de un cajón. Al apretar el sándwich, cayó un poco de ketchup en la encimera, pero no mucho.

Cuando su padre y su abuelo ganaron su premio, el invierno anterior, fue en otro país y Louie tuvo que ir también. La ceremonia fue tan aburrida que su madre le dejó jugar todo el tiempo a videojuegos en su teléfono móvil. No lamentaba que en esta ocasión fuesen a dejarlo en casa.

Se lamió los dedos manchados de kétchup y tiró del trapo de cocina del fregadero para limpiarse lo mejor posible el kétchup de la camiseta. Entretanto oyó la voz de sus padres en el rellano. «No nos quedemos ni un minuto más de lo necesario —dijo su madre—. Ya sabes qué poco me gusta la cháchara.» Luego los dos se plantaron delante de la puerta de la cocina. A su madre el largo cabello negro le caía sobre los hombros y se había puesto un sorprendente vestido de fiesta rojo del que asomaban sus piernas desnudas. Su padre llevaba su traje azul y su preciosa corbata púrpura con rayos amarillos.

—¿Qué tal vamos? —preguntó su madre.

—Parecéis los hombrecitos de la casita del tiempo —respondió Louie.

Pero luego vio que en realidad no era cierto. Estaban delante de una puerta, el uno al lado del otro, y muy juntos, no uno detrás y otro delante, y los dos sonreían e iban de la mano.